贾平凹文选

长篇小说卷

秦岭记

18

贾平凹 / 著 作家出版社

目　录

秦岭记

一

中国多山，昆仑为山祖，寄居着天上之神。玉皇、王母、太上、祝融、风姨、雷伯以及百兽精怪，万花仙子，诸神充满了，每到春夏秋冬的初日，都要到海里去沐浴。时海动七天。经过的路为大地之脊，那就是秦岭。

秦岭里有一条倒流河。河都是由西往东流，倒流河却是从竺岳发源，逆向朝西，至白乌山下转折入银花河再往东去。山为空间，水为时间。倒流河昼夜逝着，水量并不大，天气晴朗时，河逐沟而流，沟里多石，多坎，水触及泛白，绽放如牡丹或滚雪。若是风雨阴暗，最容易暴发洪涝，那却是惊涛拍岸，沿途地毁屋塌，群峦众壑之间大水走泥，被称之过山河。

白乌山是一块整石形成，山上生长两种树，一种是楷树，一种是模树。树间有一小庙。庙里的宽性和尚每年都逆河上行到竺岳。参天者多独木，称岳者无双峰。这和尚一直向往着能再建一个小庙在竺岳之巅，但二十年里并未筹得一砖一椽。只是竺岳东崖上有窟，每次他来，窟里就出水，水在崖下聚成了池子才止。窟很深，两边的壁上有水侵蚀的虫纹，排列有序，如同文字，又不是文字。和尚要在窟里闭关四十九天。

倒流河沿岸是有着村庄，每个村庄七八户人家，村庄与村庄相距也就二三十里。但其中有一个人口众多的镇子，字面上是夜镇，镇上人都姓夜，姓夜不宜发"爷"音，所以叫黑。黑镇是和尚经过时要歇几天的地方，多在那里化缘。

逆河上行，早期里都沿着河滩，河水拐道或逢着山湾，可以从河中的列石上来回，一会儿在河南，一会儿在河北。河里涨了水，只能去崖畔寻路，崖畔上满是开了花的荆棘丛，常会遇到豺狼，褐色的蛇，还有鬼在什么地方哭。最艰难的是走七里峡，峡谷里一尽烟灰色，树是黑的，树上的藤萝苔藓也是黑的。而时不时见到水晶兰，这种"冥花"如幽灵一般，通体雪白透亮，一遇到人，立即萎缩，迅速化一摊水消失。饭时没有赶到村庄就得挨饿，去采拳芽，摘五倍子，挖老鸹蒜，老鸹蒜吃了头晕，嘴里有白沫。每次跟随着和尚的有十多人，行至途中，大多身上衣衫被荆棘牵挂，褴褛败絮，又食不果腹，胃疼作酸，或怕狼骇鬼，便陆续离开，总是剩下一个叫黑顺的。

黑顺是夜镇人，性格顽拗，自跟着郎中的爹学得一些接骨术后就不再听话，爹让他往东他偏往西，爹说那就往西，他却又往东。爹死时知道他逆反，说：我死了你把我埋在河滩。黑顺想，十多年不听爹的话，最后一次就顺从爹吧，把爹真的埋在了河滩。一场洪涝，爹的坟被冲没了。他幡然醒悟，在河滩啼哭的时候，遇见了和尚，从此厮跟了和尚。

两人逆行，曾多少次，路上有背袱荷担顺河而下的人，都是嫌上游苦寒，要往山下安家。顺沟逃窜的还有野猪、羚牛、獐子、岩羊和狐子。唯有一队黄蚁始终在他们前面，逶迤四五丈长，如一根长绳。到了竺岳，岳上树木尽半人高，偏枝扭节，如是盆景，在风中发响铜音。东崖的窟里出水，崖下形成了一池，一只白嘴红尾鸟往复在池面上，将飘落的树叶一一衔走。黑顺问：这是什么鸟？和尚说：净水雉。黑顺说了一句：今黑里做梦，我也做净水雉。和尚却看着放在脚旁的藤杖，觉得是条蛇，定睛再看，藤杖还是藤杖。

和尚到窟里闭关了，四十九天里不再吃喝，也不出来。黑顺除了剜野菜、采蘑菇，生火烧毛栗子，大部分时间就守在窟外。

一日黄昏，黑顺采了蕨根归来，窟口的草丛中卧着一只花斑豹。有佛就有魔。他大声叫喊，用木棒击打石头。花斑豹看着他，并没有动，鼻脸上趴满了苍蝇和蚊虫，过了一会儿，站起来，就走了。所有寺庙大门的两侧都塑有护法的天王，那花斑豹不是魔，是保卫窟洞的。黑顺一时迷糊，弄不清了花斑豹是自己还是自己就是了花斑豹。就坐在窟外捏瓷瓶。瓷瓶是打碎了装在一只口袋的稻皮子里，他手伸在稻皮子里拼接瓷片，然后捧出一个拼接完整的瓷瓶。这是爹教给他接骨的技术训练，他再一次把拼接好的瓷瓶捣碎，搅在稻皮子里，又双手在稻皮子里拼接。

黑顺的接骨术已经是很精妙了，跟和尚再往竺岳，所经村庄，只瞅视人的胳膊腿。凡是跌打损伤，行动不便的，就主动诊治，声明不收分文，能供他师徒吃一顿饭或住一宿就是。和尚在给人家讲经的时候，他坐在柴棚里喝酒，得意起来，失声大笑，酒从口鼻里都喷出来。

一九八八年，倒流河没有发洪水，却刮了两个月热风，沿途的竹子全开花。竹子一开花便死去，这是凶岁。随后山林起火，山上的人更多地顺河去逃难，群鸟惊飞，众兽奔窜。和尚和黑顺行至夜镇，和尚圆寂在那里。黑顺背着和尚依然到了竺岳，放置在崖窟里。崖窟从此再没有出水，但和尚尸体在窟里并不腐败。第二年黑顺依旧来竺岳看望和尚，和尚还端坐窟里，身上有蚂蚁、湿湿虫爬动，而全身肌肉紧致，面部如初，按之有弹性。

消息传开，不时有人来竺岳瞧稀奇，议论和尚是高僧，修得了金刚不坏身。不久，民众筹资，在窟口修筑了一座小庙，称之为窟寺。

黑顺想着自己跟随和尚多年，又到处行医，救死扶伤，也该功德圆满，便在窟寺下的旧池址上放置一木箱，他坐进去，让人把木箱钉死，说：半年后把我放在师父身边。

半年后，有人上竺岳，却见木箱腐烂，黑顺已是一堆白骨。

二

　　山外的城市日益扩张，便催生了许多从秦岭里购移奇花异木的产业。有个蓝老板先是在红崖峪发现了野生兰，着人挖了上万株，再往六十里外的喂子坪去探寻。喂子坪是峪垴的一个村子，几十户人家，时近傍晚，四山围合，暮雾阴暗，并没有家家烟囱冒烟，也听不到鸡鸣狗吠。进了巷道，见不到牛粪，乱砖踢脚，两边的院门多挂了锁。随便趴在一家门缝往里看，院子里满是荒草，上房和厢房有倒了墙的，坍了檐的。但村子里竟还有数棵古银杏。出了巷子，是一块打麦场，几座麦草垛已经发黑，碌碡上却生了苔藓。再往北去，眼前陡然一亮，一户人家院外的古银杏合抱粗，三丈高，一树的叶子全都黄了，密密匝匝，咕咕涌涌，在微风里翻动闪烁，而树下的落叶也一尺多厚，如是一堆金子耀眼。蓝老板从来没见过这么好的银杏，看那人家，院门开着，正有三只四只什么小兽跑了进去，而落叶边一头猪在那里拱地。鸡往后刨，猪往前拱，它在土里并没有拱出能吃的草根，嘴却吧唧吧唧响。蓝老板说：若能买得这银杏，你叫一声。猪果然哼了一声。蓝老板欢喜了，又说：再能叫一声，我就买定了。猪又哼了一声。连续问了三下，猪哼了三下，蓝老板搓了个指响，也就进了院子。

　　院子不大，堆放了一摞豆禾秆、一筐篮新拔来的萝卜，一个捶布石和三只小板凳。上房挂着蓑衣、筛子、锄头、梿枷。猫在窗台上洗脸。一只旱蜗牛从墙上爬过时叭地掉下来，没有碎，翻过身又往墙上爬。而捶布石后的一张草帘子上躺着一个人，并没有见到跑进来的小兽。蓝老板觉得奇怪，便叫那草帘上的人问话。喂，喂，你醒着吗？他感觉那人是没有睡着，却不吭声。装睡的人是叫不醒的，蓝老板就坐在小板凳上吃烟，等着那人自己醒来。小板凳咯吱吱响，以为卯松，低头看着，板凳腿湿漉漉的，还带着泥。蓝老板突然间脑子嗡嗡的，一片云雾飘落下来，发觉到这个板凳便是进来的一只小兽。再看那人，那人枯瘦干瘪，就是一块树根呀。还有，捶布石成了山龟，门边挂着的筛子成了猫头鹰，蓑衣成了刺猬。顿时惊骇不已，夺门要出时，门里进来一个老头，身上腰带松着，一头落在脚后。老头说：你来啦！说话的口气和蔼，蓝老板定住了神，呼吸慢慢平稳，回头看睡着的那人就是那人，板凳是板凳，捶布石是捶布石，挂着的依然是筛子和蓑衣，自言自语，是自己眼睛花了。

还都站在院门口，相互问候了，蓝老板说明来意，老头说：这银杏树不卖的。来过几拨人要买的，不卖。蓝老板说：我给你出高价。老头说：多高的价，一百万？蓝老板说：你老说笑话吧。老头说：这是古树，八百年啦！蓝老板说：再古的树也是树么。草帘子上的人翻了个身，还在睡着。

价钱谈不拢，蓝老板并没有离开喂子坪，住到了村东口另一户人家里。那房东长了个噘嘴，在火塘里生火给蓝老板烤土豆，不停地吹火外，就是话多，说村里的陈年往事，唾沫星子乱溅。蓝老板也就知道了以前的村人多以打猎为生，而这几十年，山林里的野猪、岩羊、獾和果子狸越来越少，好多年轻人又去山外的城市里打工，村子就败落了，日子很穷，留下的人只种些庄稼，再以挖药维持生活。到了半夜，喂子坪刮大风，雨如瓢泼，屋外不断传来怪声。房东说：你把窗子关了。蓝老板起身关窗，窗子是两扇木板，一扇上贴着钟馗像，一扇上也贴着钟馗像，他瞧见对面人家后檐下影影绰绰地有人，招呼能过来烤火。房东说：甭叫，它们也不能到火边来的。说完微笑，又低头吹火，火苗上来燎了头发。

连着去和老头谈了三天，银杏树价钱终于谈妥。蓝老板出钱请村人来挖树，人也只是五个人，两个还是妇女。再要出钱让他们把树抬出峪，已经不可能，房东说我再给你寻吧，不知从什么地方就找来了十人。这十人倒壮实，但全说土话，蓝老板听不清楚。银杏树抬出十里，他们说这树是死人呀：死人越抬越重的。要求加钱。蓝老板应允了，各给了十元。抬到二十里地的溪口，他们歇下来要洗一洗，却嚷嚷脚手脏了用水洗，水脏了用什么洗？不愿意抬了。蓝老板咬咬牙：给就给多些，十五元！但他身上只有二十元的票子，给每个人的时候，让他们退回五元。银杏树继续往峪外抬，还不到五里，路往坡上去，是抬着费劲，他们还要加钱。蓝老板就躁了，说：我这是把萝卜价弄成肉价啊！双方争吵，他们凶起来，把银杏树从坡上掀去了沟底，一声呐喊，逃之夭夭。

蓝老板独自返回城市，又气又饥，去饭馆吃饭，掏出钱了，才发现那些人退回的钱全是冥票，一下子瘫坐在饭店门口，而街道上熙熙攘攘，车水马龙。他痴眼看着，看出那么高的楼都是秦岭里的山，只是空的，空空山。那些呼啸而来呼啸而去的车辆，都是秦岭里的野兽跑出来变的。而茫茫人群里哪些是城市居民，哪些是从秦岭来打工的，但三分之一是人，三分之一是非人，三分之一是人还是非人，全穿得严实看不明白。

蓝老板一阵恶心，呕吐了几口，被饭店的服务员赶了出去。

三

从仓荆到马池关三百里的古道上，有个广货镇，过去和现在一直都是秦岭东南区域的物资集散地，每天老幼杂沓，摩肩接踵，出出进进着几万人。镇街也讲究，横着两条，竖着两条，形成井字状，而每个十字路口，除了商店、银行、酒楼、客栈外，分别还建有佛庙、道观、清真寺、天主教堂，以及依然在沿用的大大小小骡马、盐茶、药材、瓷器、粮油、布帛的帮会馆。你真的搞不清那么多人都是从什么地方集聚来的，又将要分散到什么地方去。该是怎样的神奇呀，这镇街的前世今生能如此的繁荣！

在众多的帮会馆里，竟有了一家魔术馆。

馆主姓鱼，鱼是镇上的独姓，他的先人在明代犯官事逃至这里就以耍魔术为生，到了十四世鱼化腾，术业炽盛，声名远播。馆地挺长，分两进院，后院楼阁亭台的为家人居住，前院的大场子青砖铺地，有戏台子，雕梁画栋，四边厢廊，峻桷层榱。鱼化腾每每演出，场子里人头攒涌，他神出鬼没，变幻无穷。能从空中抓来一绳，绳在地上断为三截，又自接了，直立行走。能口里吐一股烟，烟变成云，云变成纸，将纸揉着揉着又飞出一只鸽子。能将自己身子移位，甚至把头颅突然滚落，捧在手中。能让空盆子倒出水。能手一指，一只鸡蛋就进入封闭的玻璃瓶中。能穿壁。能隐身。能吹动纸屑，纸屑变为花朵，把整个台子都铺一层。能持竿在人群里钓鱼，鱼活蹦乱跳。能在裤裆里抓蛇，连抓七条蛇。能将自己变成一张照片贴在了墙上，再从照片里走出来。

鱼化腾的魔术不可思议，人们就疑惑他不是人，本身是魔。鱼化腾也不辩解，说：我之所以把魔术馆建在佛庙旁，就是让你们见佛见魔。还又说：我就是魔，待一切众生都成佛了，我也发菩提心。

像一件物品看多了正面就要看背面一样，鱼化腾的魔术既然是魔术，人们都希望能知道真相。鱼化腾满足了人们的好奇心，开始表演时，每完成一个魔术就揭秘这个魔术。他在表演换脸，把四个女孩引上台，四个女孩各是各的长相，然后一声响，台上腾起白雾，四个女孩开始穿过一道黑色的布幕。第一个女孩出来，巴掌脸、大眼睛、鼻梁高挺。第二个女孩出来如第一个面貌一样。第三个出来和第二个面貌一样。第四个出来和第三个面貌一样。四个女孩一模一样啊，满场子人都傻了。鱼化腾这才消散白雾，扯开黑色布幕，那里藏着先前的四个女孩，他告诉说这是布幕后换了人，四个相貌一样的女孩是他的外甥女，四胞胎。人们得知了如此这般，哦声不绝，哄然大笑。台子上的鱼化腾继续在揭秘，他要这四胞胎把如何在黑色布幕后的替换再演示一遍。明明看着四胞胎就站在那里，又突然一声响，台子上白雾再起，四胞胎却瞬间消失了，走出来四只鸭子，嘎嘎声叫成一片。鱼化腾是在揭秘中再酝酿和形成了一个更大的秘，使人们目瞪口呆，惊骇不已。鱼化腾笑着说：真相是永远没有真相啊！

　　鱼化腾五十八岁那年的正月十五，夜场表演升浮。在台子上把一手电筒立着打开，一道光柱竖在空中，他就爬光柱而上。上到两米处，给观众抬手，突然头一歪跌下来。他跌下来趴在那里不动弹，手电光还照着。人们以为他这又是揭秘。二十分钟后，他仍不动弹。有人觉得不对，上台子去看，他一只手伸在口袋僵硬，双目翻白，往起扶的时候，从口袋里掉出一瓶救心丸，人已经死了。

四

　　从西固山出发，公路一直在半山腰上逶迤，经过木王垭、云仙台、四方坪、洪渠梁，到花瓶子寨，山势险峻，谷峡深邃。二十世纪九十年代末，一辆吉普在观音崖侧翻，跌落崖下的万丈深渊。因为不知道开车的是谁，从哪里开来的，要到哪儿去，而深渊里又无法打捞，就不了了之。

　　三个月后，一个白衣男子来到这里，在路边翻车处捡到了一枚纽扣，然后登岩去寺里住了一夜。天明离开，观音殿的外殿的外墙上贴着一张纸条，上面写着：终于真的想念你，想去看望你。你会说，滚一边去，能滚多远滚多远。我想能滚到清溪里，正好是炎夏。不恨你，有谢意。僧人和香客看了，莫名其妙。

　　一场雨，遗落纽扣的地方长出了一朵野菊。数年后，整个崖头、坡上、峡谷里都有了野菊。一朵野菊，指甲盖大的一点黄，并不起眼，而满山满谷，密密实实拥挤的全是野菊了，金光灿灿，阵势就十分震撼。

五

月亮垭一带，山多挺持英伟，湫又多阴冷瘆寒，沟沟岔岔凡有村寨，不是出高人，就是出些痴傻。则子湾寨的史重阳行医四十年，辑有《奇方类编》，分别二十七门，头面、须发、耳目、口鼻、牙齿、咽喉、心肺、痰嗽、噎膈、脾胃、血症、痢泻、臌胀、疟疾、风瘫、疝气、伤暑、伤寒、痔漏、损伤、疮毒、急治、保养、补益、妇人、小儿和杂治，累计治则方剂约八百余种。其选方范围，从头至足，男妇小儿，内外诸症，以及六畜昆虫，无不备列。因医术高明，济世活人，十八个村寨有三十人集资在则子湾寨后的山上为他修庙。史重阳知道了坚决不允许，庙改亭，作为村子的标识。从此，进沟的人五里外就看到了一个八角亭，琉璃瓦亭盖在阳光下闪闪发光。

而距则子湾寨八里的高涧村，几十年间不断地有人出山到城市打工，苟门扇始终窝在村里。他脑子差成，没有婚娶，除偶尔干些农活，大多时间都是坐在墙根晒太阳，见人瓜笑。但他消息灵通，方圆十里内，哪个村寨哪户人家过红白事，开饭的时候，他肯定出现。人家倒不嫌弃，认这种人是喜财神，说：你来啦！盛一大碗米饭，多夹了肉，让他去吃。但不能入席，蹴在上房门外的台阶上。

村寨一般人的一生要做三件大事：一是盖一院房子，一是给儿子结婚，一是为父母送终。常常是有人完成这三件大事，得意地说：哈，我现在一身轻了，该享清福呀！可说这话的人，三年五年便丧生了。麦子和苞谷一结穗，麦秆苞秆就干枯，阎王爷不留没用的东西还在世上。村寨里的人大多勤劳，早早完成了任务，村寨里也就很少有七十以上的人。而则子湾寨的史重阳八十四岁了还活着，高涧村的苟门扇差一月也七十三了。

史重阳六十四岁时亲自上山采药，开始撰写《秦岭药草谱》。越采越觉得秦岭无闲草，越写越觉得自己觅寻和采集的不够。从七十岁起，每年腊月三十晚上，吃过年夜饭，他伏桌做三年规划，第一年去熊耳山采药，第二年去白马峰采药，第三年去虎跳峡采药，并每一年从一月到十二月，如何采药，采了药如何炮制，如何制作标本，如何试验药效，如何记录撰写，安排得满满。三年规划实施过了，再规划下一个三年。他已经规划到了一百二十五岁。总觉得事情多，忙不完，而眉毛胡子全白了，竟精神抖擞。

苟门扇呢，还是吃饭不知饥饱，睡觉不知颠倒。村里的男劳力几乎都去了山外的城市，他就成了守村人。养了一只狗，狗和他一样瘦骨嶙峋。他站在太阳下要晒汗，问狗太阳能把什么都晒干了，怎么晒不干汗？狗卧着打盹，不理他。他拿了炭去河里洗，问狗炭怎么洗不白？狗又卧在那里打盹了，梦里有了呓语。他看见树上开花，说树开花是树在给他说话，但树上有许多谎花，那是树在说谎话。

一年的端午节，则子湾寨有人结婚，苟门扇赶了过去。吃饭的时候，见众人都在问候一个老者，他打听那是谁，旁边人说名医呀。你不认识？他是不认识，便走近去，说：你是名医？你姓啥？史重阳说：我姓史，你贵姓？苟门扇哦了一下，说：不能说，不能说，说出来不好。史重阳说：有什么不好的？苟门扇说：你姓史，我姓苟，狗吃屎哩。大家没有笑，把他手里的碗夺了。

后来，史重阳免费给苟门扇开药治病，苟门扇嫌熬出来的药汤难喝。史重阳又配了药酒。苟门扇贪酒，喝醉了吐，狗就吃他吐下的。喝了三个月，狗是死了，苟门扇没事，只是病治不好。

12

六

黄柏岔的王卯生在星罗峡打猎，被一头麝牴落崖下。而在西津渡开饭馆的梁双泉要扩大店面，去上游十五里的星罗峡砍竹子，砍了竹子才结好排，发现草窝里的王卯生。王卯生昏迷不醒，一条腿折了，骨头白花花戳出来。梁双泉去试了口鼻，还能出气，说：我咋摊上这事！把王卯生背上竹排。王卯生苏醒，睁开眼来，有鹰似乎就站在空中，两边沟壑巉岩大起大落，全往后去，而自己躺在竹排上，四围的水波汹汹，像是翻搅了无数的刀刃。王卯生看着梁双泉，说：哥，我好像认识你。梁双泉说：咱没见过面。竹排下行到西津渡，梁双泉把王卯生再背回饭馆，又请来同村的郎中洪同中接骨疗伤。王卯生在饭馆里歇养，梁双泉给好吃好喝，从不问王卯生的来路出处。洪同中每三天来换药一次，医术好，话也多，还要喝酒。他一喝便醉，醉了就说佛论道，讲《易经》和《黄帝内经》。王卯生和梁双泉都佩服他有鬼才，他真的是鬼，一醉显了形。如此这般，过了一月，王卯生返回黄柏岔，但三人已成了朋友，从此相互往来不绝。

有了这次经历，王卯生感叹真的是爱恨存于无常，生与死只在呼吸间。要不是被梁双泉抢救，洪同中疗伤，他就在昏迷中死在了星罗峡里，而他和梁双泉、洪同中前世是什么关系呀，今生竟有如此缘分。

受洪同中影响，王卯生收拾了刀枪，不再打猎，人与万物都沉浮于生长之门，岩羊的肉鲜美，狐狸有好皮毛，羚牛和麝有牛黄和麝香，人就可以去杀害吗？梁双泉随后也不开饭馆，灶前摔勺敲碗都惹灶神不安，在人口舌上做克扣生意怎么能有福报呢？有油水的地方最滑，而你是一颗钉子钉墙的时候，锤子正在砸你。

一年后，梁双泉的母亲病逝，王卯生和洪同中前去帮着，在梁家的祖坟地新掘墓穴。梁家的祖坟在半山坡上，大大小小几十座坟茔，梁双泉指点着这座坟茔里埋的是谁，那座坟茔里埋的又是谁。王卯生奇怪梁双泉的是四个伯父和四个婶娘都去世了，四个婶娘的坟茔都在，四个伯父却只有三个。梁双泉解释三伯父在云南当兵，十年前去世后就埋在了当地。洪同中说：生有时，死有地啊。其实人是一股气从地里冒出来的，从哪儿冒出来最后又从哪儿回去。王卯生说：照你说法，这三伯父是这里的人却是云南的气，四个婶娘都是外地人而气是从这里出来的？洪同中说：是的。

王卯生很长时间里纠结自己是从哪儿的地里冒出的一股气呢？是气，就有气味，他皱起鼻子在梁双泉身上闻，也皱了鼻子在洪同中身上闻，要闻出他们是不是同一个地方冒出来的同一种气味。梁双泉和洪同中问他，是狗呀，要干什么？王卯生不说明，他没闻出个香甜酸臭。

在那个漫长的冬夜，围着的火塘里火烧得通红，烤着土豆，吊罐里炖着蘑菇，而壶里的酒已经温热了，他们一宿都说着一个话题，这是不想说却不得不说的，那就是爱与恨、生与死，三人都被悲哀激动。最后王卯生陪不过洪同中的酒量，最后一句话还含在嘴，他睡着了。

再后来，王卯生在某一天突然好奇了一个问题：他打了几十年猎，跑遍了星罗峡方圆百里所有的沟岔，怎么就从来没有见过自然死亡的野兽尸体呢，包括那些黑熊、花豹、野猪、羚牛，也包括那些刺猬、黄鼠狼和山兔，甚至任何一只鸟。他用心地再去寻找过一年，到底还是没有。

七

在秦岭南坡，东阳县统计局的白又文往西川普查人口，陆续完成了黑水峪的竹坝村、蒙梁山的石堡村、铁峪的骑风楼村，于二十六日到达关山垴的葫芦村，就住在村长家二楼上。工作了三天，白又文神经衰弱症就犯了，第四天晚上怎么也睡不下，独自坐在楼台上看月。

月是下弦月，似乎什么都还明白，却什么也看不清楚了，溟溟蒙蒙，石涧里的水流声隐隐传来，林子中有鸟呼应，而无数的蛾虫像扬起的麦糠在身前身后飞舞，不时就撞到脸上，抓不住，又挥之不走。渐渐，鸡上了架，猪先后进圈，天越来越黑，四周的峰峦和树林子便消失了轮廓。白天里看到那些分散在坡岭上的几户人家，门楣上都挂着灯笼，现在，黑暗是瞎子般的黑暗，亮着的灯笼看不见了灯笼，只是一团红光悬在空中。后来，各家各户开始关门，狗此起彼伏地叫过一阵，终于声软下去，再没起来。村里的人都该睡下了。人睡下的夜一切沉沉入静，越是有蛐蛐鸣响夜越静得死寂。一只猫从瓦房顶上走过来，虽然悄没声息，还是闻到了一丝臊味，同时脸上多了些凉意，感觉里，露水已经从裤脚爬上来了。白又文挪了挪身子，想着进屋喝些水去，这时候，他蓦地发现，在黑暗的深处有了许多星星，光点微小，还是一对一对的，游移不定。啊那不是星星，是野兽的眼睛，要么是狐狸，要么是獐子或獾，从树林子里、山洞岩穴里出动了。白又文立即屏住气，观察着，感叹黑夜里并不是万物安息，星星出来，露水出来，兽出来，蛐蛐、蚯蚓、湿湿虫出来，好多好多的东西都跑出来了。随之，令白又文惊讶不已的是林子里的人竟也出来了，男的女的，老的少的，单个的或几人一伙的，就汇集到村前的沟壑上。沟壑在白天里纵横着红褐色的岩层，怪石嶙峋，荆棘杂乱，这阵却平平坦坦得如是一块草甸。白又文便看到了梁三和那个疤脸在解板，一棵树是村东那棵红椿树，伐下来捆在一个木架上，两人把锯在树上来回扯动。疤脸据说是小时候被熊抓过一掌，从此半个脸塌下去，一只眼睛也坏了。他独眼看不准树上的墨线，梁三不停地训斥：拉端，拉端！照壁下蹴着几个老汉在吃旱烟，不知怎么就互相指责了，一个说你糊涂得是不下雨的天。一个说你麻迷得是走扇子门。接着你向我吐一口唾沫，我向你吐一口唾沫，等吐出了痰，翻脸了，要动手脚。有人赶紧打岔，说：那东坡上是不是麝？大家往东坡上望，是有三只母麝，也坐着，把腿分开了，不停地在下边摆弄，掰开来放出香气，招蚊虫飞来趴在那里了，又合起来。刘三蹩挑着一担粪要去菜地里，路上碰上了一条鱼，路上怎么会有鱼呢，鱼渴得在地上蹦，他却向鱼问水。那个叫得宝的孩子坐在碌碡上很久了，四处张望，一会儿看着张保卫在远处打胡基，每打一杵子就嗨一声，时不时就放个响屁。一会儿看二栓子在给村长说什么事，两个人说躁了，二栓子双手拍自己屁股，一跳一跳的，村长一声吼，他立刻蔫了。后来又看石娃子他奶经过柿树下了往树梢子上瞧，树梢上是有一颗蛋柿，那是留给乌鸦的，她拿脚踢树根，希望蛋柿能掉下来，但踢了两下，树纹丝不动。得宝呲咩一笑，从碌碡上跌下来，正好有人过来，是刘三踅的二婶，说：哎哟，得宝给我磕头啊！得宝没吭气，又坐在了碌碡上。刘三踅的二婶又说：卖啥眼哩！白又文觉得卖眼这词好，村里有卖盐卖醋的，村长能卖嘴，光面子话一说一上午，不觉得累，而刘三踅的二婶，这穿得花哨的女人，听村里人议论，裤带松……巷道里，老童又在打老婆了，抽了裤带在老婆的脊背上打。一伙年轻人出现在了村口，全穿着西服，有的还戴着墨镜，他们是从打工的城里回来了。他们有约定，平时可以不回来，但只要谁家去世了老人，接到通知都必须回来帮忙料理后事，否则村里没了精壮劳力，棺材难以送到坟上。他们和梁三打招呼，询问着这解下的板就是给恩厚他爹做棺吗？梁三在回答，疤脸却说老童为什么打老婆，因为老童前世是老婆娘家的驴，就高高声叫道：五爷五爷，是不是有些人上世是来报恩的，有些人上世是来报仇的？五爷没有理，蹴在照壁下打盹了。白又文站起来伸伸懒腰，却不知怎么就从楼台走下来，而且他也奇怪，那么高的楼台他一下子就下来了。他往人群去，他面前是一只鹅，鹅在叫着自己名字，鸽路边的草叶。他腿上沾有一片草屑，鹅扭头来鸽，把腿鸽疼了。旁边的猪圈里，一头猪前腿搭在圈墙上，哼哼唧唧在笑。他拾起个柴棍在猪脑门一敲：你敢笑话我！猪缩下身子不见了。前边一团尘土飞扬，以为是起云啊，云里有龙的，原来驴在打滚。接着有人吵架，是这边院门口的人和斜对面院门口的人吵架，一个比一个话说得难听。别的院门口都有人，却没劝的，倒是一个在说：盐潮水，铁出汗，旱烟发软了是不是要下雨呀？一个所答非所问：你有天大的窟窿，我就有地大的补丁。刮来一股戗面子风，吵架的散伙了，看热闹的也关院门。白又文继续往前走，经过一户门前，菜地边的篱笆不是柴棍儿扎的，栽了一圈狼牙刺，一个白发老太太突然就站在那里，还不到穿棉衣的时节她穿着棉衣，被狼牙刺剐破了，一朵棉絮还飘扬在刺条上。老太太弯腰在捡钱。不知谁把纸币遗失在这儿，或是风从什么地方吹来的吧？捡了一张，又捡了一张，转过身，石头后还有一张。老太太把大票拿在手里看，看到币上的人头像，正笑出了猪声，猛地发现了他，要藏钱已经来不及了，说：你也来捡。他寻来寻去没有捡到，老太太再捡着了一张，说：这不是做梦吧？这不是梦，肯定不是梦。然后自言自语。他没有回应老太太，后来就碰上了会计员，葫芦村最俊朗也最精明的男人，吆喝着村民都往西山梁上采五味子。西山梁上五颜六色呀，有成片开着黄花的黄腊条和连翘，有绽着很长白绒絮的菅草，松柏苍青，攀附的藤蔓绿得深深浅浅，五味子真的成熟了，这儿，那儿，是一蓬一蓬的红果。白又文又在想，土地里能藏污纳垢，土地里也有各种色彩以植物表现了出来。去山上采五味子的都是些妇女，她们采了就缴到会计员家，一斤三元钱，然后会计员将收购来的五味子高价再转售到县药材公司。今天也该去趟县城了，会计员的儿子就在门前发动手扶拖拉机，使劲地踏摇把，踏一次不行，踏一次不行，陡然地一声哼，轰轰隆隆响开了。

白又文是在手扶拖拉机的轰隆中蓦地清醒，发觉天已经麻麻亮，楼台旁的槐树上正起飞一群麻雀，呼呼噜噜，如云中过雷。村长一家人才起了床，小儿被拉起来放在台阶上，还迷迷瞪瞪睁不开眼，媳妇提着尿桶是去了厕所，村长却到楼台来取放在那里的耱。白又文说：上午耱地呀？村长说：借给二栓子去。白又文说：你和他吵得那么凶，还借给他耱？村长说：我和他吵？没有呀。白又文说：你夜里没出去？村长说：夜里都睡觉哩，谁出去。哦，哦，村里的地就二栓子没耱，我夜里做梦倒是训过他。白又文眼睁得滚圆，惊慌了，觉得这一夜里，他是看到了村长的梦，看到了村子里人的梦。他把看到的一切讲给了村长，说：那么，我发现梦的一个秘密了，梦是现实世界外的另一个世界，人活一辈子其实是活了两辈子。村长疑惑地看着他，说：你是不是也做了一个梦？

白又文离开了葫芦村，以后的日子里，他再没分清过哪些事是他在生

17

活中经历过的，哪些是他在梦里经历过的。但他感觉丰富而充实。

八

班干河往南八十里，进入嵓川，乱山拥挤，沟峪无序，水流分散为三条。一条继续向南，一条进了姜汤峪绕北一个大湾再向南，一条则在豆沙垭下掉头归到滋鲁河向东去了。豆沙垭是古盐茶道上的关隘，垭里卧着一个村子，垭口上长着一棵老松。

元末明初一群广东人迁徙来栽下的这棵松，树干只有碌碡粗，却八丈多高，直溜溜朝上，顶端枝叶繁茂，远看如空中浮着一朵苍云。八百年来，村里人一直说粤语，粥里煮肉，在夜间婚娶，习俗有别，思维怪异，他们就是以这棵松与天神联系和沟通的。

二十世纪九十年代，有一日天忽然炸裂，雷声如鼓，无数的火球砸下来，老松就被击中，轰然倒坍。这一场灾难极其诡谲，别的东西虽未毁坏，但从夏到冬，豆沙垭草不再长，树无绿色，三年后才逐渐恢复。只说豆沙垭从此平庸了，村里有个叫豆在田的人突然去了县政府，拿着三张照片，报告说他在打猎中拍照拍到老虎。县政府正好在向省里申请野生动物保护区的项目，喜出望外，立即向外公布。老虎在整个秦岭里都早已灭绝，而在嵓川重新发现，这可是巨大新闻。山外的记者纷沓而至，豆在田也便一时由人变成了人物。

但村里人说，豆在田并不是猎人，只是平日爱逛山，用网子套过野鸡，拿戳镖扎过山兔。曾经上过几年学，肚里稍有点文墨就懒于种庄稼，多幻想，倒是能说会道。村委会曾经看他日子贫困，照顾性地安排他去做森林火点监视员，每月补贴一千元，他却监视了一月，就拿出五百元雇了一个半傻人去监视，自己买了个破相机，去闲逛快活了。

山外又有记者来采访，豆在田的门锁着，门上贴着对联：养鸡成大鹤，种子做栋梁。问邻居他人呢，邻居说：可能去县政府讨奖金吧，听说要奖一万元的。记者返回，走到村口遇见了他，他掐了个谷穗儿在那叫雀儿，雀儿叫不到跟前来。他领记者回到家，索要采访费。记者没有准备采访费，他说：前边来的都给的，没有就不采访。

三个月后，那三张照片遭到质疑，社会上纷纷指责他和县政府在作假说谎。县政府的人把他叫去：你老实说，照片上的是真老虎？他说：真的，只是拍得不清晰。县政府的人给了他个高档相机，要他再去寻老虎，寻到了拍最好的照片。

豆在田又寻找了半年，没有寻到。一日，在山坡上走累了，看到一棵枯木倒在草丛里，他说：你睡了，我也睡一觉。沉睡中遭到蛇咬，再没有醒来就中毒死了。

豆在田一死，带走了谎言、荒唐、耻辱、惊恐和病毒，豆沙垭就完全地消了声息。年底，他的儿子出生，是个墓生子。家人在屋后栽下一棵桐树，按照风俗，此树和儿子一起成长，将来儿子去世时，树伐下便可做棺材。这儿子从小体弱，但和豆在田一样，干农活身沉，苍苍声，跟谁都咬死嘴。三十岁时，常到滋鲁河边的镇上找人玩，漂亮的女人，美味的食物，机智的对话，每次集会，就他最活跃。

这儿子找村长要低保，村长说：你年轻轻的吃低保？他说：我穷得连水都喝不上。村长说：水用井放着哩！

他养了一只跛脚猫，这猫不逼鼠，经常会像人一样咳嗽。邻居的阿婆约了人在家打麻将，猫去了，对着阿婆竟叫了声：奶奶。村人认为这猫不吉祥，抓了往死里打。可一连五次，每次看着是打死了，又活过来。村人有些害怕，特意去镇上请道士来禳治妖孽。

道士在豆沙垭住过三天，说此猫前世是豆在田。这儿子就哭了，说：怎么我爹是猫？道士说：凡是生命，都是平等的，不在乎是人是猫。这儿子说：我爹就是托生，那也该是老虎豹子，牛呀驴呀的，怎么会是跛脚猫?

道士说：不论是人是兽，是花木，是庄稼，为人就把人做好，为兽就把兽做好，为花木就开枝散叶，把花开艳，为庄稼就把苗秆子长壮，尽量结出长穗，颗粒饱满。任何生命死后都有灵魂，如气团一样在空中飘浮，当遇到人怀孕，兽交配，花木庄稼授粉，感应了它就托生。而每一次生命如果能圆满，死后的气团就大，如果生命不圆满，死后的气团就小。气团越大的将会托生大的东西，气团越小的只能托生小的东西。

猫被道士禳治后，拿头撞石碑，撞死了埋在石碑下。道士说：可怜。它再托生，该是蚂蚱或是蚊子苍蝇了。

豆在田的儿子自此离开了豆沙垭，到山外城里去打工，再没有回来。

九

飞猪寨里人姓杂，赵钱孙李周吴郑王的都有，先是叫杂寨，后因这里养的猪有了故事，才改了名。

养猪的人叫孙全本，人瘦小，身上毛长，又不安生，村里人都把他唤作猴子，他不生气，说：唤我要加上姓，我是孙大圣。孙大圣便也把猪叫八戒，再叫二师兄。猪通人性猪就可爱，人有了猪性，人却贪婪。到了二〇一〇年，他就不再只养一头猪了，要做饲养专业户，垒起了大圈，一下子养了百十头。

猪是见不得猪的，大圈里，经常相互内斗，嘶叫声不断。孙大圣一走进圈，叫一句：二师兄们！所有的猪都安静了，他就在每一个猪脊梁上按按，试着膘的薄厚，训斥着谁在偷懒。然后在槽里添食，为了吃，猪又咬起来，他就拿搅料棍敲那强势猪的脑门，大声说：不许霸槽！

猪无聊的时候，或者各自用嘴拱圈土，在里边寻着菜根和蚯蚓，或者逗弄落在圈棚上的乌鸦，嘲笑长得黑。再就是前蹄搭在圈棚墙头上，一边吧唧吧唧着嘴，一边拿眼睛看着巷道的这头和那头，看着斜对面主人家的篱笆。篱笆进去就是上房，两个门扇上贴着秦琼敬德。它们看着那不是纸，是活的，院里没人了，门扇是合着，两个门神就打架，而孙大圣和他老婆回来了，门扇推开，两个门神又都肃然而立。它们觉得有趣，但守了秘密，不给孙大圣说。

孙大圣在县城参加了饲养专业户培训班，有了新观念，回来把寨子后的一个山包承包了，扎上了铁丝网，让猪群在山林里散跑。散跑的猪多长瘦肉，销售得特别好，赚了好多钱。孙大圣就张狂了，做了件绸衫子穿上，迟早不系纽扣。早晨把猪赶上山林，晚上再把猪吆回大圈，风把绸衫子吹起来，呼呼啦啦响。有人嫉妒了，说：你这是要上天呀！他说：上呀！嫦娥吃了药就飞到月亮上了，你给我药不？猪听到了，就抬头往天上看，天高，天上树梢一直往高处，高处有麻雀，有斑鸠，有鹞子和鹰，还正过一架飞机。

孙大圣开始喜欢招呼人来家里喝酒。来的人都是和他对近的，恭维他了不起呀，养猪养成了村里的首富。他嘿嘿着：生我孙大圣，必有花果山！

他到外地养猪场参观，回来给老婆谈他的一个设想：捉些野猪和家猪一块养，野猪能带动家猪多跑，而且互相交配了，产下的崽一定长得快，肉也好吃。他老婆心想：给猪配野种呀！是不是他有钱了也生了花花肠子？坚决不同意，而且此后处处防备，凡是在外边看到孙大圣和别的女人说话，就大声咳嗽，脸上愤然作色，回到家了再哭得嗨唠嗨唠的。

孙大圣不再实施捉野猪的事，却从县城买回了好多新的饲料，给老婆说这种饲料像药一样的，能给猪催，吃上六个月可以长到二百斤。于是在大圈里安放了长木食槽，每天猪进山林道，都先饱吃一顿。猪当然又听到了孙大圣说给老婆的话，在吃新的饲料时，就议论这饲料是药，那和嫦娥一样了，吃了药就飞月亮上去？饲料的味道并不好吃，它们每次都在抢食。

21

但猪们越来越大，越来越肥，没有能飞起来，而铁丝网内的山林里，蒲公英在飞，栗子树上的栗子熟了炸着壳，栗子在飞，松鼠把尾巴长得长哄哄的从崖上往下飞，还有一种蛇，从这棵树上往那棵树上飞。猪群恨自己没有翅膀，没有衣袂，恨不能生了火，变为烟，烟能飞到天上。

它们再被赶进山林，就不再低着头寻吃野果子、竹笋、蕨根，全坐下来往天上看。其中有个小猪，它嫌树枝把天分割得支离破碎，某一天就从铁丝网里硬挤出来，跑到草坪上看天，天实在是高啊，便大声地召唤鸟。鸟是一只秃头雕，扇动着几尺长的翅膀，像一块黑布一样落下来就把它抓起来。孙大圣闻声跑过来撵，没撵上，秃头雕抓着小猪已经到了空中。

这件事传到别的村寨，都不说猪是被秃头雕抓走的，而说那是一只会飞的猪。杂寨从此就叫作飞猪寨。

十

西后岔在黑池峪，距羊角山十五里，距柳子河口四十里。岔里多洞窟，多水塘，云雾早晚都来，傍着壑常见孔窟，隔溪就是几户人家。从岔口到岔垴，没有大树，梢林也稀稀落落，却到处能见到桃李、迎春、杜鹃、篱子梅、蔷薇、牡丹、剑兰、芍药，还有黄菊、蒲公英、白萱、呼拉草。每年清明节后，南风一吹，四季都有花开。西后岔从来都有养蜂人，蜂多的时候，满天飞舞，嗡嗡声响得天地都晕眩。而蝴蝶也多，灰蝶的，斑蝶的，环、蛱、闪、砚，小的如指甲盖大，大的超过了手掌。

花多就女人多，其实不是西后岔女多男少，是漂亮的女人三个五个在一搭了就显得女人多。每逢岔外的镇上有庙会，一大早，这个坡崄的女人喊叫着那个壑畔的女人，那个壑畔的女人喊叫这个坡崄的女人，遥相呼应：去呀不去？去呀去呀，一定得去呀！她们的喊叫前音长，后音短，苍烟蒙蒙中惹得鸡鸣狗吠。然后一簇一伙的出门了，穿着印着花的衫子，脸上抹了花露水，凤仙花膏涂得指甲猩红，走着走着还在路旁摘一朵什么花插了头上。女人们如风着叶，往往男人们心性绵软，也是差不多长相雷同，五官过于紧凑了，有些猥琐，他们不反对自己的媳妇和女儿去庙会，农活太多，就甘愿在地里受苦。

到了改革开放，山里人可以出山进城务工了，女人们积郁豁然，而漂亮女人出去的最多。一片子绿茵草地，掐一遍草尖子，掐一遍草尖子，草尖子被一遍一遍掐过了，剩下的只是残茎败叶，狼藉不堪。

出去的女人先是每年春节回来一次，说着普通话，走路不再高抬脚，眉里眼里虽然透有山野的清冽，但衣袂鲜艳，涂脂抹粉，已经是城里的富贵气息。榜样的力量无穷，磁石吸引着铁片钉子和螺丝。差不多十天半月里，西后岔冰天雪地，她们是行走的花，是星耀攒动，灵光四溢，更多的女人听着外面大世界的故事，心旌飘摇，想忘记一切，而雪一直在下，整夜整夜猫都歇斯底里地叫春。她们要离开了，自然而然就带走了别的女人。为此数年过去，岔里的漂亮女人越来越少，以至于有好事者来西后岔访美，感叹着看景不如听景。再后来，做姑娘的都出去了，嫁来的媳妇也陆陆续续进城，等返回时就是离婚。到了二〇〇〇年左右，岔里的女人稀罕了，男人们不是娶不到媳妇就是离婚了打起光棍。

没有了女人，男人们就活得没意思。吃了饭，锅懒得洗，睡在炕上，没人暖脚。离过婚的，还把媳妇的旧鞋按风俗吊在井口，盼望着有一天人能回来。没结过婚的，灯光下看墙上贴着的年历，年历上印着美人图，越看越气，拿刀在上面乱砍。模样还整齐的开始出山打工或逃往他地，而留下来看守村的白痴和残疾人，他们吃啥狗吃啥，牛干啥他干啥，丧失了尊严，没有了羞耻，连脸也不洗。西后岔好几处屋院就倒坍了。

二〇一〇年大旱，苞谷和黄豆无收，冬麦种下出不了苗，草木不再开花。二〇一一年还是大旱，养蜂人逃离，蝴蝶成堆死去，梢树林子起火。

二〇一二年春天只说天降甘霖了，却是大雨成潦，老鼠列队过路，蛇在树上扭结有碗粗。粮食短缺，物价上涨，萝卜卖成了肉价。五十多年未见过的狼也出现了，月亮地里嗥叫，像人在哭。

县扶贫工作队到西后岔，正是秋天，三角枫叶子变红，那个队长偶尔看到一蓬一蓬的木棉和毛腊，惊呼：啊这儿有花！木棉和毛腊的花不是花，白是白的，只是吐出来的绒絮。

十一

从牧护关到黑龙口街要经过二郎山，山上多獾，山上就一直有猎獾的人。獾能爬树，喜欢在树上玩，看到有人了，用前爪在空中抓飘过来的云，吓唬鸟，故意暴露自己。人若是也到树上去，它会爬到最高的枝上，或闪电一般又跳到另一棵树上，一般是猎不到。獾声东击西，其实要隐蔽它的家，它的家在土洞里。獾出洞入洞都要用土把洞口封住，猎人只要看到有隆起的新土，就去挖。洞很深，拿竿子捅不了，叫喊着，敲锣，放鞭炮，也恫吓不出来，只能用水灌或者烟熏。

獾的皮毛厚实，最宜做围垫，山里人挑担、掮木头，戴这种围垫，容易换肩又耐磨。做成的鞋，叫窝窝，穿上一冬冻不了脚。獾的肉发酸，不好吃，熬了油能治烫伤。黑龙口街有三家作坊，就做獾油给山外的药铺供货。

獾的蠢笨是以聪明表现的，这如同野鸡被追急了，就只把头埋在草丛里。獾在生死之际也很凶，它会咬住戳过来的刀子，即便拿木棒打死，还不松口。猎人改用麻袋、铁丝笼去套，总不免有猎人被咬断了手指头，也有人曾被咬住了腿，硬是把拳头大块肉撕下来。但獾皮和獾油珍贵，猎人不惧怕凶险。

秦岭里，有的山上熊出没，有的山上金丝猴为王，有的沟里羚牛成群，有的沟里生存着成千上万的蝙蝠，白天全悄悄地吊挂在崖壁上，一到晚上飞出来，翅膀扇动的声响如涛起风啸。獾能居住在土洞的黑暗里，当然有着不可告人的心事，几十年来一直想把二郎山作为领地。而遗憾的是它们不属于被保护的野生动物，在人的猎杀中，生育抵不过死亡，日益减少。

十年前，牧护关有人上二郎山捕猎时，发现了一个洞口，点着柴后，正用衣服把烟气往里边扇，陆续有三只獾钻出来，竟然都长着一张人脸：长眼、宽鼻、龅牙嘴。猎人吓得瘫坐在那里，看着三只獾笑着往柴火堆上撒尿，把火浇灭了，然后离开。

消息传出，不断地加盐加醋，到后来是二郎山上的獾长了人脸，黄羊和獐子长了人脸，猫头鹰是人脸，蜘蛛背上也是人脸。人是害怕人的，从此再没有猎人上二郎山。

牧护关和黑龙口街的人再有来往，宁去绕二十里走潘溪峡，都不经过二郎山下的路。二郎山下的路慢慢废了，杂木野草丛生。

十二

南甲洼一带野鸡成灾，麦成熟的时候，遭到糟蹋。到了秋后种苞谷，野鸡又会从土里刨出苞谷种子吃。山民就在地里竖个木杆，扎上稻草人。

稻草人的头多用葫芦做，上面画横眉竖眼，再给穿上人的破衣，必须宽大，风一吹，呼呼啦啦飘动，才能吓退野鸡。

稻草人扎起来就不再拆除，从春到夏，从秋到冬，甚至一年两年还继续存在。风吹雨淋的，稻草可能腐败，破衣也成了絮絮绺绺。丑能辟邪，只要还有个人形，越是丑陋越起威慑作用。

南甲二村在法性寺下的湾道里有十八亩地，地北头扎着一个稻草人，地南头也扎着一个稻草人。做这两个稻草人，画葫芦时一个画得嘴太大，

25

一个画眼睛没画对称，大家说嘴大的像多年前死去的支书，眼睛大小不一的又像死去的村长。

支书是老支书，一辈子能说，也会说，多用排比句，还善于创造新词，常常晚上的村民大会他要说到夜里两点。但他到老年的时候爱听恭维话，有人求他办事了，一口一个支书呀老支书呀把他奖起，不能办的事也就办了。而村长年轻，是个半语子，说一句要停一下，并且一句话常常就把最后一个字吃了。村长看不惯支书的虚伪，自立崖岸，故意栽篱插棘。到后来两人严重不合作，遇啥事都咬死嘴，互相攻讦。村长五十三岁因心肌梗死死的时候，支书已八十岁，老得有些糊涂，老伴说：村长死啦，咱是不是去送个挽幛？支书说：不送，他都不给我送！

两个稻草人经过一年四季，老是发出怪声，先以为是风吹得破衣响，而没风了，仍然地这头是叭叭叭，地那头是嘎啦，嘎，嘎啦。大家就打趣：真的是支书和村长了，他们生前吵，做稻草人了也吵！

有一天黄昏，村长模样的稻草人突然木杆折断。村人再没有重新扎，只剩下支书模样的那个。没有了对手，也没有了怪声，十八亩地里有些空寂。

苞谷苗从土里冒出来，见风疯长，野鸡是不吃苞谷苗的，村人便不大关注了稻草人。可下了一场大雪的第二天，村里有人去寺里给佛灯添油，发现寺门口一堆烂稻草，还有一个破碎的葫芦，认出是十八亩地里的稻草人。稻草人怎么散乱在这里，人们疑惑不已，就把烂稻草和破葫芦拢起来扔到寺旁的涧里去了。

后来，村里的会计做了个梦，梦里是稻草人都有灵魂，因稻草人的时间长了，灵魂的戾气也重。这一夜它去寺里避雪，寺里的护法神韦驮挡住不让进，双方争闹起来，韦驮打了一铜，稻草人被打散而死。

十三

秦岭南端的漫峪里，明清时期迁来了许多湖北湖南山东广东的人，也有蒙古族人、羌族人和回族人。他们群居为村寨，这些村寨就一直风俗不同，语言有别。上元坝人自诩是纯粹汉人，得意他们有大板牙，小拇脚趾的指甲是两半。但他们的说话又和别的地方汉人仍有区分，把父亲叫大，把祖父叫爷，而爷又指尊贵的神圣的东西，如天爷、日头爷、佛爷。再是把水发音为粉，把飞发音为虚，把影发音为拧。王西来的儿子在县城读书，为此没少遭同学们的嘲笑。

上元坝在漫峪垴，村前就是柴溪，柴溪源于再往北五里地的茨坪。茨坪是个极小的盆地，四面山围，青冈成林，盆地里有一冒泉，形成小湫，湫满水溢，七拐八拐地从山口流出。茨坪以前是漫峪林场的场部所在地，后来林场取消了，上元坝的各家都在那里种人参、天麻，或在那些废弃的房院里培育木耳香菇。

二〇〇〇年的时候，突然间人参天麻不能种了，木耳香菇也停止了培育，茨坪封闭了，开始大兴土木地搞起了开发。一年的光景，那里有了一幢幢房子，高低错落着，各自独立，又长廊亭台关联，逶迤巍峨，十分壮观。茨坪里的房屋是什么人建的，建了做什么用，上元坝的人很好奇，要进去看看。但茨坪周围都有了铁丝网，山口的门楼下站着保安，不让进，还龇着牙，牙是露出了骨头的恐吓和威胁。他们只好绕到旁边的山顶了，远远望去，在一片苍青里，房屋像城堡似的，颜色全是白的，就说：哦，白城子。村长在宣扬白城子给上元坝带来了文明和吉祥，他也和白城子达成了一项协议，上元坝可以派十二个男的十二个女的去那里做工，每人每月工资两千元。二十四人在村长的安排下很快去了白城子。十天半月了，有

27

人从白城子回来，说白城子是省城十多个老板联合开发的康养别墅，住的都是老板们的父母和岳父母，还有一些小孩子。说他们在白城子里有养猪喂鸡的，有种菜栽花的，有打扫卫生的，有带小孩和伺候老人的。说白城子的屋里金碧辉煌，屋外奇花异木，冬不冷，夏不热，想吃什么就有什么，想喝什么就有什么，还有按摩室、桑拿房、录像厅、麻将馆、佛堂、戏堂。他们说得津津有味，听的人就一愣一愣：这是人间天堂么？他们说：可不！就展示他们身上的外套、帽子、皮鞋，都是人家送的，六成新啊。

二十四人去白城子享福了，上元村就骚动起来，先还是羡慕，接着嫉妒，后来就恨了：为什么去的就是那二十四人呢？这太不公平！没有去的人家和去的人家发生争吵、漫骂，甚至大打出手。闹腾得不行了，村长应允了所有人轮换，一次三个月。但轮换的人必须健康，没有疾病，眼里有活儿，手脚勤快，而且人还得长得周正。村里有一个跛子、三个秃头、五个五官丑陋的，当然遭到淘汰，而王西来眼睛太小，嘴又是地包天，他也不符合条件。王西来在好长时间里骂骂咧咧，脾气烦躁，一次走夜路从地塄上跌下来，昏迷了二十天。醒来后人就疯疯癫癫的，说他能看到别人看不到的东西，能知道还没有发生或将要发生的事情。比如早上太阳红红的，他说要下雨的，果然下午暴雨倾盆。比如他说梁三老汉肚里有个疙瘩，一个月后，梁三老汉吐血，去县医院检查了，真的是肝癌，到了晚期。村人惊奇了，说王西来这是"出神"了么，以前马王岔有个"神婆"，王西来是不是要成"神汉"？王西来也就以"神汉"自居，在家设了神堂，开始给人祛邪消灾，收取费用。事情也怪，自他成了"神汉"，身体越来越强壮，记忆超群，为人祛邪消灾时长声念唱，编词编曲。这一年，儿子王长久高中毕业，没考上大学回到上元坝。王长久是瞧不起王西来的装神弄鬼，又目睹了村人仍在为谁家去白城子的人多谁家去白城子的人少而矛盾、争吵、互相攻击，他就去质问村长：外人是怎么在茨坪建别墅的，合不合法，违不违规，和乡政府有没有幕后交易，和村长又有什么利益勾结？村长当然不理睬他，他又去乡政府质问，乡政府也不理睬他。他再向县政府告了一年，还是没有结果，而村里人倒起了吼声，说他是刺头，搅屎棍，要断他们的好事，破坏上元坝的富裕。王长久一气出山去了省城，在省城打工竟然认识了一些诗人，也就跟着人家学写诗，也是受了那些诗人的鼓动，他又向省政府去信反映白城子的问题。

这样过去了五年，是不是王长久的反映发生了作用，这不清楚，但秦岭开始真的全面整治违法乱建现象。秦岭外沿山一带整片整片的别墅被拆除了，又深入到秦岭里，漫峪里也拆除了不少。有一天，上元坝前的公路上驶过十多辆汽车，风传着这是去拆除白城子呀。村人都站在村口被一种无以名状的情绪激动着。有人就问村长：啊拆呀，这真的要拆呀？村长说：你高兴啦？那人立即说：不是高兴，村长，我只是担心害怕么，你摸摸我心口，跳得突突的。村长没摸他的心口，倒吆喝着都散了，散了，自己先回家去。

白城子真的是被拆除。那是个黄昏，拆除队的负责人先进了白城子，他强烈感受到了一种淫逸安乐的气息，那游泳池里、按摩室里、麻将馆里，凡是见到的都是些肥男胖女，目光呆滞，行动迟缓。在最高处的房子里，一张床上躺着一个大块头人，估摸三四百斤重吧，床边的桌子上放着三文鱼片和一瓶红酒，而身边还躺着一个小姑娘，正在念一本书。这是念给大块头听的，但大块头已经睡着了，而在翻身的时候，竟然把小姑娘压在了身下，小姑娘被压得出不了气，手脚乱动，就昏过去了。拆除队的负责人赶忙去把大块头往起掀，掀得趴在那里，圆形大腹，背上长满了疙疙瘩瘩，形状像蟾蜍。

白城子里的主人陆续搬走了，所有的建筑在挖掘机面前轰然倒坍。上元坝的二十四人在废墟里捡拾一些家具、电器，没有捡拾到家具、电器的，就去拆卸门上的把手，窗上的玻璃。但很快，他们也被驱赶，所捡拾拆卸的东西不能带走，集中在那里被推土机碾碎了。

茨坪恢复了原状，这里再没有了人，昼夜刮风，草木点头，百兽率舞。有豹子每杀一只岩羊了，跑来的就有狼、豺、野狗，而即便是一堆腐尸，秃鹰和鹞子也呼啸而至。

上元坝安静下来，没有了吵骂和斗殴，王西来还是"神汉"，在家里为远近来的人祛邪消灾，但费用提高了，原先一次是五元，现在是八元。而王长久仍是没有回来。村长已经不再当村长了，他也害了病，去省城求医，竟然就遇到了王长久。在广场的"保护秦岭生态环境"的宣传集会上，王长久在以上元坝的口音朗读着他的诗作，一片叫好声中，他竟然脱掉了外套，跳在了桌上，又在朗读他的又一首诗。

老村长站在人群边上，他能看见王长久，又不愿意王长久看见他，就把头上的草帽压低，他听到了朗读的诗的最后一节：我是个有串脸胡的儿子／我是个有故事的秦岭人／故乡以父母存在而存在／父母过去了，语言就是故乡／让我做石头，敲击我吧／敲击出火／让我做棵树／被太阳提着往上长／让我喝酒吧，吃烟吧，让我迷幻和疯狂／我就是诗人／给我个奖吧／奖会寻找天赐神授的人／我波谲云诡，我宿怨抑愤，我自立崖岸／一扫颓靡之风，软温之气

老村长回到了上元坝，说起王长久在省城的行状，村人就都说：这王长久也是疯子么，比他大王西来的疯子还要疯子。

十四

驼背梁后有一人家翻修老屋，剩下的一堆沙土还堆在院里。

下了一场雨，沙土堆上生出了几十棵绿芽，绿芽都是两个小丫瓣，嫩嘟嘟的，顶着露珠。绿芽争先恐后地长大，而一拃高的时候，模样却有区别了，有的是树苗，有的是麦苗和菜苗，有的还是芨芨草苗。树苗便瞧不

起了麦苗、菜苗和芨芨草苗，它望着天空，一心要长成栋梁。

一个月后，主人精整院子，把沙土运出去，一锨一锨铲着沙土往板车上装，麦苗、菜苗、芨芨草苗被连根翻起，树苗子也被铲断了。

十五

顺着万回沟往东南去，最高的山就是秦王山，山上栲树成林，栲树属于杂木，枝干散漫，但质地坚硬，经常被人偷着砍了去做蘑菇培育棒或者烧制木炭。山涧边长着两棵桦，也就这两棵桦，一样高，一棵稍细，一棵稍粗，是夫妇树。妇树给夫树说：咱往歪里长，歪了就没人砍。夫树说：没事的，砍的都是栲树。再说咱是桦，材质不允许咱歪歪扭扭。没料，就有一天，来了盗伐者，拿着一个长柄子板斧，在栲树林里砍了许多栲树，出来却盯着两棵桦，嘟囔着这可以做房的柱子啊。妇树便害怕得枝叶乱颤，夫树说：咱不会被砍的，瞧见了吗，那斧柄就是桦木做的，能戕害同类吗？但盗伐者过来，举了长柄板斧就砍，砍得木屑像雪片一样纷飞，夫树先被砍倒了，接着妇树也被砍倒。两棵桦倒在地上，从截面往出流水，那水不清亮，黏糊糊的，颜色由黄变红，流了一摊。

十六

翻过秦王山就是石门河，河不大，两边都是崖，崖缝里多长了枯柏，斜出横插，扭曲臃肿，像是刀矛，充满了仇恨。其中一崖头上立着危石，上大下小，蘑菇状的，后边的石罅里有水。趴在罅沿往下看，水不知有多深，但水静，幽亮着如同镜子。

二十世纪四十年代，崖下的夹道村，村里人个个都算是巫师，病了能迎神驱鬼，出门得望云观星，他们封树封土封石封泉，为××君、××公、××尊、××神，也就给罐水封了个守侯。都说守侯要守护他们村就守护村人的心，这罐水能照心相。如果是人，或者是坦荡的心地善良的人，容貌不改；如果不是人，或者龌龊的心怀芥蒂的人，模样就变得怪异。那么，像狼的，就认定那就是狼，像鬼的，就认定那就是鬼。先是谁和谁起了是非，各说各有理，咬了死嘴，就去照罐水。后来发展到村里有重大决定，比如分田地和山林，比如实行合作社，比如社会主义教育运动，比如"文化大革命"中你是口头上的造反派还是实际上的保皇派，也都去照罐水。

一年，县上有干部来夹道村指导村长选举，听了这事上崖头查看，他带了一只狗，他和狗都趴到罐沿往下看。看过了他一言不发，狗却嚎了一声晕倒。这干部返村后说罐水能照心相是无稽之谈，是迷信，要求村人把石罐用乱石沙土填埋。可石罐太深，又有水，填埋了两天还没填埋平，便用石条架盖在罐沿。罐水再没人理会了。

五十年过去，县政府要打造石门河二十里文化旅游长廊，偶然提到夹道村的石罐水，可以开发成一个景点。去了夹道村，夹道村知道石罐水的只剩下一个九十六岁的老人，老人说架盖在石罐水上的石条曾经裂开口子，像井一样，从井里长出过莲。人们寻到了罐井，却不见有莲，便在那危石壁上写了：夹道崖上罐井莲，花开如斗藕如船。从此，参观这景点的络绎不绝。

十七

草花山的顶上是片草甸子，有两个碗大的泉，日夜发着噗噗声，积怨宿愤似的往出吐水泡。两个泉也就相距几十丈，却一个泉的水往南流下山，是了长江流域，一个泉的水往北流下山，是了黄河流域。草甸子上还有四间房的一个屋院，从中分开了，各有各门，住着姓钟和姓段两家人。其实这是同母异父的两兄弟，姓钟的年纪轻，有媳妇，也生了儿子，姓段的已经四十五岁了，还是一人。

四十年前，五岁的段凯随娘改嫁来的钟家，他坚持了生父的姓。那时钟家在山下的村子，继父在草甸子上给公社放牛，常常太晚了，或者刮风下雨，就住在草甸子搭就的草棚里。为了一家人能在一起，继父把他和他娘也接了来。过了十二年，娘就在草棚子里生下了钟铭。后来，公社取消，各家自主，他们把草棚盖成了四间瓦房，再不养牛了，开垦荒地，就一直住下来。

段凯皮肤黑，长了个圆头，因为家里没个女人，便不注意收检，喜欢蜷脚，随时随地就躺在地上，不避肮脏污垢。但他会做各种农活，舍得出力，一天到黑都忙在地里。而钟铭一对小眼睛总是眨巴，耽于想象，自作聪明，孩子才周岁，就跟了山下村子里的一些人到城市务工。他是出去三个月就回来一次，回来了带着收音机呀、手电筒呀，或是手摇压面机和缝纫机。第三年秋天，回来自己掏钱从山下村里往草甸子上拉电线，家里有了电灯，就买了电视机。他给段凯也接上电线，段凯不要。

段凯给镢头新安了镢把，用瓷片倒刮过无数遍了，坐在院门口吃烟，双手还是在镢把上来回地搓。他就爱他的那些农具，锄、锨、笆子、砍刀，甚至笸篮、簸箕、土筐子，每次用过了就擦拭，件件光滑锃亮。钟铭走过去，说：哥，你还是不拉电灯？段凯说：天一晚就睡了，睡就睡在黑里么。钟铭说：那你要看电视了，就到我那儿去。段凯说：我不看，也看不懂。钟铭说：啊你得把你生活搞好。段凯说：好着哩，有米有面的。钟铭说：不光是米面，要吃些肉呀菜呀水果，再回来我给你捎些麦乳精和蛋白粉。段凯说：不捎，吃啥还不是拉一泡屎。钟铭不知道再说什么，段凯却说：你那块红薯地也该翻蔓子拔草了。

钟铭又一次回来，买了烧水壶、洗衣机，这一天，坐在院子里喝茶，突然看着房子想，这梁上搭椽，分两边流水，最早是咋设计出来的呢？门是两扇，上下有轴，一推就开，一合就闭，门闩子上就能挂锁？有门了还要有窗，厢房里是方窗，门脑上是斜窗，山墙上还是吉字窗？窗上为什么有棂有格，还刀刻了图案？刀是谁第一个做出来的？那柜子、箱子、桌子、桌子上的茶壶，哦，有了茶壶又有了茶盘、茶杯、茶盅？还有茶，咋种的？有茶了煮茶，那灶、风箱、水桶、火钳，灶台的锅盆碗盏、勺子、铲子以及孩子吹的气球，媳妇的发卡，手指上的顶针，爹留下来的烟袋、掏耳勺、老花镜，世上的东西太多了，不说城市里的，就仅家里这一切，都是如何发明的？钟铭就觉得自己一直生活在了别人的创造中，竟在这以前浑然不觉，习以为常。

太阳把院墙的影子挪了位，钟铭被晒着，他端了凳子又移坐到树荫下，院外是一阵一阵鸟叫和虫鸣，烦嚣像空中起了风波，他脑袋嗡嗡的。

他开始琢磨自己也应该给这世上添些什么呀！比如，把擀面杖插在土里能不能开花呢？在枕头上铺一张纸，会不会就印出梦呢？到山坡上的田地里去送粪，到后山林子里去采蘑菇，或者去山下的村子，路太远了，能不能呼来一朵云，坐在云上，说去就去了呢？

钟铭兴奋起来了，浑身膨胀，大声地叫他媳妇。他媳妇在厨房的案板上切南瓜，刀和案板碰得咣咣响，没有回应。他便想，有什么办法我不张口，心里的意思她就知道呢？媳妇切完了南瓜却走出来，说：你在院里发啥呆的？我熬南瓜呀，瓮里没水了，你到泉里担水去。钟铭说：又让担水，泉那么远的。哎，几时我买些皮管子，把水从泉里接过来。媳妇说：这顿饭就没水。钟铭说：南瓜不熬了，咱炒着吃。媳妇说：你就是懒！钟铭还说着：懒人才创造呀！媳妇把两只空桶咚地放在了他面前。

这时候的段凯正在地里挖土豆。今年的雨水厚，土豆结得特别多，每棵蔓子下都是三四个，有拳头大的，甚至还有碗大的。他早晨起来没有洗脸，因为那个搪瓷脸盆底烂了，盛不成水，现在挖了半畦土豆，一身的汗，手在脸上搓痒，搓出了垢甲。那不是垢甲，是土撮撮。人是土变的么，越搓土撮撮越多。肚子咕咕叫起来，是饭时了，想着回家也是一个人做饭，不如就在地里烧土豆吃吧。他放下镢头，在地塄上掏出一土洞，把地头的柴草塞进去点着，火燃红了，再放进去五个土豆，土豆上又再塞上柴草，然后就把土坷垃垒上。让土豆慢慢去煨熟吧，他将挖出来的土豆堆在一起，就坐土豆堆跟前吃烟。地头上壅了一行葱，葱长势好。那三排用竹棍儿撑着的西红柿枝上，结着的柿子还没有红，却一颗上面有了虫眼。他便自言自语起做了个梦，自己也是个蛀虫，竟然钻在了一个苹果里，但他见过苹果并没有吃过苹果，怎么就梦苹果呢？

钟铭到底还是担了桶往泉里去，他的儿子攥着他，手里拿着一嘟噜气球，媳妇在喊：拿好拿好，小心飞了。钟铭却对儿子说：给我两个，系在桶梁上了，或者担着轻。他和儿子经过那片土豆地，地塄上有烟，闻见了一股土豆煨熟的香气，却见段凯靠着土豆堆，嘴里还噙着烟锅子，睡着了。睡着了的段凯，头和土豆一个颜色，那头就是一个大土豆。

十八

月亮湾十六村，都有给孩子寻命的风俗：过周岁，把麦穗、牛鞭、木条、算盘、书本、药葫芦、钳子、剪子放在炕上让抓。抓了什么东西决定着孩子的天性和以后要从事的行当。朗石村的陈冬，腊月生的，他是什么都抓，抓了就往嘴里吃。当然这些东西吃不成，便哭，哭得尿在炕上。

陈冬长大后果然口粗，长得要比同龄人壮实，但脑子不够数。张三懒得往自家地里送粪，说：陈冬，帮我送晌粪，给你烙油饼。陈冬说：这你说的呀！送了一晌粪。李四在场上晒麦，无聊了，说：陈冬，你能把那个碌碌碡立起来，我赌一碗捞面。陈冬说：这你说的呀！双手抓碌碡往起掀，掀不动，用肚皮子顶住，憋住屁，碌碡就立起来了。村里谁家立木房，夯土打院墙，挖地窖或拱墓，凡是重活，都喊陈冬来，只要管他一顿好饭，他舍得出力。

月亮湾以前没通公路，羊肠小道的，一会儿到山头，一会儿到谷底，朗石村从来结婚娶媳妇，新娘都是靠人背。背架像椅子一样，新娘反身坐上去，背的人弯腰倾身，远远看去，新娘就坐在头上。那些年里，朗石村背新娘的事肯定也就是陈冬。陈冬背新娘在半路上不歇，旁边就给他预备几颗煮鸡蛋和一瓶烧酒，太累了，脚步慢下来，剥一颗鸡蛋塞在嘴里，或喝上两口，他又一阵小跑。新娘背进门了，一对新人拜过天地入了洞房，院子里大摆宴席，陈冬不坐席，就蹴在厨房灶口前吃饭。他吃了一碗，又吃了一碗，再吃了一碗。人说：陈冬，饱了没？他说：饱了。人说：还能吃不？再又盛一碗给他，他还能吃，就吃了。

月亮湾通了公路可以开拖拉机、拉板车、骑自行车前，朗石村先后有二十个新娘都是陈冬背回来的，而陈冬自己没媳妇。有人逗他：陈冬，你不想媳妇？他说：怀里没钱，不能胡想。

国家政策变了，市场开放，村里人大多都去镇街做买卖，陈冬也去。他贩羊时猪涨价了，贩猪时羊又涨价了，把猪把羊再赶去，集市却散了。村长的儿子出邪点子，在村口的公路上设卡，过往的拖拉机、板车，只要拉了木材山货的就挡住收过路钱。村长的儿子让陈冬拿根木棍把关，陈冬挡住个拉板车的，大声说：停下，交钱来！那人说：这是公路，不是你家炕头！拉着板车继续走。陈冬回不过话来，把木棍别到轮子的辐条里，板车就翻了。卡子设了半年，被镇政府得知，责令撤销。陈冬向村长的儿子讨工钱，村长的儿子说：我都被罚款了，哪还有钱？给了他一个用旧的BP机。

那时候的BP机能显示来电号码，要回复必须去村委会办公室或村长家的小卖部里拨座机。没人和陈冬联系，陈冬的 BP 机老不响，就是个铁疙瘩。但他 BP 机不离身，晚上睡觉脱得光光的，腰里勒了裤带，裤带上把 BP 机别上。

再后来，村里的青壮年几乎都去山外的城里打工了，没人肯带陈冬去，陈冬就在村里种地。老村长去世后，村长的儿子又做了新的村长，而通讯已经使用了手机，新村长每月有政府的两千元补贴，他买了一部。陈冬总想摸摸手机，每次新村长一说：脏手！陈冬就不敢摸了。清明节或者冬至日，外出打工的有人回来上坟烧纸，有人不回来，不回来的人就给新村长打电话，让陈冬替他们去自己的祖坟祭奠，当然要付费的，给新村长的手机上转一百元，新村长再付给陈冬。这一百元其中有纸烛钱，有代劳钱，要求陈冬在祭奠时必须哭。陈冬如实照办，在坟上哭得呜呜的。替代祭奠的越来越多，连续哭很累，陈冬的嗓子发哑，好长时间里说话都是破声。

再再后来，陈冬不但在清明节和冬至日替人祭奠，发展到谁家办白事，要增加悲伤气氛，也把陈冬叫来在灵堂前哭。陈冬总结了哭丧的窍道，即坐在灵堂前，孝子贤孙们一烧纸，或远亲近邻来吊唁的人一进门，他就大声地号，号过一阵，声软下来，却是腔调拉长，高高低低，有急有缓，像是在诉说和歌唱一样。这样极其省力。但需要趁人不注意间把唾沫抹在眼睛上，还得时不时打个嗝，感觉是悲痛得出不来气，自己也快不行了。

陈冬靠哭丧为生了，日子过得还可以。到了二〇一九年，陈冬用哭声送走了村里一茬人，又送走了村里一茬人，四十年代出生的，五十年代出生的，六十年代出生的，整整一个经历过饥饿和各种政治运动时代里的人都被陈冬用哭声送走了，而陈冬还健在，过了腊月初八，就八十岁了。

都说陈冬活成了神仙，陈冬不理会，只问给他做饭的人：饭熟了没？他一顿要吃一碗白菜豆腐汤和三个蒸馍，或者满满一碗捞面。

十九

长坪公路经过麻山下的板桥湾，分散在湾里的住户就沿着公路两边盖房子，慢慢，周围沟岔里的人家也都搬迁来，板桥湾就形成一个大村，公路倒是贯通村子的街道。这些新的屋院建好，人都是先不入住，要带狗进去：狗如果在里边摇尾玩耍，就是好宅，如果狗不肯进去，进去了无故乱叫，房子就有问题了，得请风水先生禳治。

那时候还是公社化，人肚子老是饥的，村里的狗陆续被自家杀着吃了或被他人偷捕炖了肉，只剩下柯文龙家的狗。那狗就测试过无数家新屋。

柯文龙不忍心杀狗，却一直担心被偷盗，迟早出门都把狗带上。和狗待在一起久了，狗能听懂他的话，他听不懂狗的话，就开始琢磨研究。村人说：文龙，你是要狗变人呀，还是要人变狗呀？柯文龙说：狗变人咋？人变狗咋？几年下来，柯文龙真的知晓了狗的话。狗的话没有人的话那么复杂，但简单的狗话里往往是吞着的音稍一变化就是一个意思。这窍道他没告诉过任何人。

从此，经常是，狗突然地狂吠，声嘶力竭，他就询问怎么回事，是看到了什么或有了什么疑问，然后呵斥、劝解、平息它的委屈和愤怒。当狗翻着白眼，嘴里喔喔吭吭着，他就嘲笑爱管闲事，这么多是非。而狗睡着了还时不时嘟哝一句，或许猛地身子一抖，醒了过来，他就问是梦呓了，遇见了屎还是挨了砖？然后把狗搂住，叫着汪汪，弄得一身狗毛。柯文龙已经了解狗是什么都明白的，能叫出各种花草树木的名字，能分辨各种飞禽走兽的气味，更清楚村里所有人的关系，谁是谁的媳妇，谁和谁是亲戚却不来往，谁的爷爷有好玩的小名。甚至知道村东的李有安瘫痪在炕了，那是吃了蘑菇中毒的。知道刘双忍的小儿子是他媳妇在讨饭的路上生的。

知道街道西头的王中良夜里会去杨寡妇家，只要丢一颗石子到院里去，院门就开了。知道村里在南沟里有多少亩地，在北岔里有多少亩地，北岔垴那一片坟墓里都埋的是哪家的先人，又都是如何死去的。柯文龙和狗亲密无间啊，出门去干活开会赶集，他是狗的主子、领导、首脑，他保护着狗；回到家里，狗又是他的答应、保姆、常在，狗侍候着他。想吃烟了，他说：我烟袋呢？狗会爬上柜台在一个木盘里把烟袋叼来。他说：天要黑了，鸡该进笼了。狗就到屋前的场子上赶鸡，鸡不听它的话，鸡犬吵闹一番，鸡最后还是进了笼。六月里在地里锄苞谷苗，被白雨淋了，他发起烧昏睡在炕上，狗是过一会儿就跑来，前爪子搭在炕沿上看他，每次看他睁开眼了，他说：没事。它才再卧到门口去。

柯文龙发现狗能看到人看不到的东西，比如，门前的槐树上有啄木鸟，动不动啄得笃笃响，他想啄木鸟用那么大的劲啄树，脑袋肯定震得嗡嗡的，但狗在嘟囔着啄木鸟和槐树有仇，以啄虫的名义在报复。比如，头一天夜里，村后场畔的一个麦秸垛烧着了，村长认为有人纵火，而狗说那是麦秸垛在自杀。比如，他带着狗经过村南边的土塄下，塄上一树花椒，花椒树枝子挂扯了他的衣服，他没在意，狗说三星他娘在拉你哩。三星他娘是十多年前在塄上掏老鼠窝，掏了半篮子老鼠储藏的苞谷颗、黄豆、橡籽和板栗，回来时从塄上摔下来死的。可三星他娘拉他是她生前相好过，这些谁都不知道呀？！他是夜里悄悄来那里烧了几张纸。比如，狗见了李北建和南毛林，说：他俩要走呀。他问：到哪儿去？狗说：死呀！果然三天后，李北建和南毛林在山上砍树，天上响雷，一个火球落下来就把他们炸死了。

但狗说不了人话，柯文龙试图着教，费了好多劲，是学会了一句：吃啦？村里人相互见面打招呼都是说吃啦，狗也是听得多了，发音还准确，可再教它别的，狗总是伸出一个长的舌头要出汗，别的话就说得含糊不清。气得柯文龙说：唉，你也只能是狗！

有一年春天，村里实在穷极了，就谋算着能把公社化的集体耕地分给各家各户去种，或许日子可能好起来。但这样做违反国家的政策，镇政府县政府要是知道了肯定得严加惩处。村长想着法不治众，就秘密召开会议，让大家举手表决，并都在一份责任书上签名按手印。柯文龙当然是参加了，他也带了狗，进村办公屋时把狗拴在屋外树上。签名按了指印，村长宣布：此事严加保密，不许外村人知道，更不得让镇政府知道！会散后，柯文龙牵狗，村长说：你让狗也来了？柯文龙说：狗离不得我呀！村长踢了狗一脚，柯文龙没吭声，狗也没吭声。

第三天，狗病了，卧着只喘气，柯文龙要到镇上给村里买化肥，把狗关在院子里。这是柯文龙多年来第一回出门没带狗，他给狗说：等我回来了给你洗澡。柯文龙半天就回来了，回来却没见了狗。到处寻，没寻到。又寻了三天还是没寻到。柯文龙猜疑狗是被谁偷去吃了，在村里骂，没人应声，端着水让所有人漱口，漱口水里没有肉渣和油花花。柯文龙大病了一场。

村里分包集体耕地后四年，国家废除了公社化，实行土地责任制，村长告诉柯文龙，当年是他和另外三个人把狗偷走的，但没有吃，打死埋在了打麦场边那棵皂角树下。柯文龙说：为什么要打死它？它为村里做了那么多好事，为什么打死它？！村长说：它在屋外听到了村里的秘密，以防它说了人话。

柯文龙到打麦场去，抱住了那棵皂角树哭。皂角树哗哗地响，所有的叶子都往下滴水。村里人闻讯跑来，从没见过这样的怪事，那水还继续往下滴，树底下的地上都能照出人影了。

二十

蓝峪河绕独堆山流过，河边全筑了屋，水整个夜里都在咬啮着屋脚基石。景步元在一家客栈里没睡好，早上起来，看山顶上云雾飘摇，那棵桂树或合或离，忽隐忽现，没有能看到庙。

庙是六百年的历史了，据说第一代住持亲手栽下的桂树，桂树还在生长，庙却先后被毁过七次。也正是桂树的存在，人们才知道这里曾有庙，而一次又一次再得以恢复。

景步元是秦岭西段人，会塑像。五年前，他被请来塑佛时，庙宇也才在盖，两边廊房已经完工，而大殿顶上还在装琉璃脊兽。那天阳光灿烂，忽然来了一阵旋风，把大殿顶上的瓦工吹起，跌落到蓝峪河里，瓦工竟然毛发无损。景步元知道吉祥，开始在殿里设计布局，先垒好台子，栽好木桩，然后用稻草扎出人形。木桩涂上生漆，稻草要得猪血牛血揉搓。再是将白板土以糯米浆泡软和泥，泥里加上麻丝、棉絮、椒叶、艾草和朱砂、雄黄。一遍遍上泥，上一遍了，晾干再上一遍。反反复复修整，佛胎就形成了，粉妆是八月十五日中秋。

桂树的花全开了，它没有主干，是从根就分十五枝，每枝都高达十多米，十三人手拉手才能把枝叶围起来。那是一座隆起的建筑，是爆炸性的一团金黄色的云。光亮就照射到塑像上，塑像庄严无比，周身散发着光辉。

景步元知道大功告成，佛性已赋，他浑身战栗着，说不清是为了自己工作激动，还是佛力使他感到了一种敬畏，他跪倒在了佛像前，礼拜不起。

独堆山上重新有了庙，庙里有了佛，蓝峪河边的客栈就很多，越来越多，住满了香客。他们为了消灾祛病，为了求子祈财，为了仕途如意，为了升学顺利。世上有太多的烦恼和心事，无处诉说，给佛诉说。有太多的欲望和贪婪，不能满足，想着佛能赐予。于是，殿里的供案上常年更换着牛头猪头鲜花，殿外的铁炉中日夜香火缭绕。

每年的秋天，景步元也是从数百里外赶来，但他来了并不直接上山，要在客栈里住上一宿，沐浴净身，然后第二天沿着那两千八百个石阶上去，

41

一步一叩头，直到双膝肉烂，额头出血。

二十年过后，景步元六十八岁跌一跤，瘫痪在床，再没法来朝拜。而独堆山下，已经是一个旅游小镇，商铺林立，游人如织。蓝峪河里筑起一道坝，把水聚起来，镇子中间就有了一个湖。不知道怎么，湖边的柳也珍贵了，传颂着古人柳枝相赠的美好浪漫的友情和爱情，那一枝柳条便卖到了一元钱。又曾几何时，兴起了放生，香客们从庙里礼佛下来，都要到湖里去放生。这成了一种仪式，更成了一种时髦。桂树下的场子上便开始有了无数的提着桶卖鱼的，或用葛条吊着鳖卖鳖的。这些卖鱼卖鳖的都是镇上人，他们白天把鱼鳖卖给香客放生到湖里，晚上他们又从湖里打捞了翌日再来桂树下卖。

一年的八月，又是八月，天上呼雷闪电，庙就起了火。当时是后半夜，庙烧起来是红光一片，镇上的人知道后，在两千八百个阶上都站了人，把湖里的水一桶一桶往上传递。传上来的水越多，火烧得越旺。到天明，整个大殿都没有了。

而桂树还在，树上的金黄花蕊在这一夜里全部坠落，地上铺了一层，足有四指厚。

二十一

青埂山海拔一千七百米，汶河从山的西坡起源，往东流四十里注入汝河。这是一条河床最陡、流速最急的河，但在二十世纪六十年代就干涸了。沙子是渴死的水，大到筐篮小到圆笼的石头是渴死的浪。两岸草木苍青，而河里的沙子和石头生白，即便在夜里，也白得发亮。

河边有一个村庄，叫地窝子，两条竖巷三条横巷的，但已经很少见到年轻人，活动的只是些老人。在巷里迎了面，这个说：还没回来？那个说：

还没回来。这个说：不回来就不回来，由他去。那个说：不回来就不回来，由他去。他们昨天迎面了这样说，今天迎面了还这么说，说的是去了汝河口县城里的儿子或女儿。县城里是繁华地呀，有商场有酒楼，有歌厅和网吧，儿女们在那里醉生梦死，就是不愿意回来。这世道咋成了这样啊，他们没有答案，这个拿眼睛看着那个，那个拿眼睛却看着房顶瓦槽里长出来的瓦松。他们都咳嗽了。这个一咳嗽带出了屁，那个一咳嗽也带出了屁，谁不笑话谁，掉头各走各的。

他们相约着会一块去放牛。牛也是老得步履趔趄了，镇上的屠宰场曾经来收购过，他们很愤怒，骂人家是谋杀。现在，风和日丽，他们吆着牛去河滩吃草了。

牛在吃草，他们会坐在河里的白石头上，相互很少说话，坐着坐着就打盹了，脑子里却追溯着以前汶河的景象。那是满河的水啊，汹涌而下，惊涛裂岸。风在水上，浪像滚雪一样。空中鹰隼呼啸，崖头的树林子里猿声不断。他们常常从上游往下运木料，木料用葛条结成排，也有竹排和柴排，上面载着收买到的瓮装的苞谷酒、腊肉、核桃，成捆成捆的龙须草和榛子，还有猎来的黄羊、果子狸、野猪，野猪是杀了的，那颗肥头的鼻孔里插着两根大葱。木排竹排柴排随波逐流，两边的沟壑大起大落，闪过的是一层层梯田，是石灰石场，是砖瓦窑。撑排的人全都扎着裹腿，腰里系根皮绳，嘴里吆喝着：特色！特色或许是看到了"农业学大寨"的战果而激情鼓动，或许是得意于自己在波浪搏斗中的英勇无畏，或许什么意思都不是，觉得吆喝着舒服就吆喝出来。木排竹排柴排在崖脚下冲撞，发出沉沉的响声。有人掉到了水里，又很快冒出头，手抓着排尾跳上来。而遇到了旋涡，那个柴排在打转，似乎是要翻呀，却终没翻，有惊无险。转过了红石壁下，水势平缓了，将排拴在几棵松树根，跳上岸便往一片竹林里去。高高低低的瓦屋，每个屋门口都站着一个年轻女子，老远地打招呼。招呼过来了的那就是哥，没招呼过来的，拿着帕帕的手在空中打一下，鼻子里响声哼。进了瓦屋，有茶有烟，店老板热情，朝着隔档里喊：上酒上鱼呀，来两个妇女！遗憾的是，他们谁也没有去过青埂山上的汶河源头看看，只说以后会有时间的，没料河说干涸便干涸了，一晃人就老了。

坐在河里白石头上的老人们差不多都笑起来，笑起来却都无声。远处的牛走着还在吃草，步子越来越慢，像是上屠场一般，后来全卧下来反刍，而无数的苍蝇蚊虫就落在身上，把鼻眼都糊满了。

二十二

秦岭中段多地震，当地人说是走山。最近的一次走山是一九九五年，火神崖没有了，羊角山向北缩短了三里，而羊角山东边的屺甲沟，两边的梁四分五裂，沟里的纸坊村完全被泥石流压埋，后又形成堰塞湖。

纸坊村十一户人家，都姓黑，合伙开办了纸坊，做宣纸，更多的做祭奠用的火纸。走山的那天下午天就下雨，屋檐吊线的，后半夜门闩子摇得哐啷啷响，接着炕面子像是上了牛背，颠得厉害，把人从炕上摞下来。有人哑声地喊走山了，脸盆子敲得咣咣响，各家都呼儿唤女地往屋外跑，还没跑出来，瞬间里泥石流就把一切都埋没了。黑老三的儿子黑有亮在县城读书，他是纸坊村第一个考上县中的学生，也是纸坊村唯一活着的人。待他从县城里赶回来，他看到的只是堰塞湖。黑有亮从此不再上学，在湖边搭庵住下，每天挖湖边的土石，寻找着村人的遗体。挖了三年，一无所获。县政府因地制宜，在打造堰塞湖为旅游景区，景区主任对黑有亮说：山梁坍下来把沟都填满了，你怎么个挖？就是能挖出来，你又能为他们修多大的坟？把这湖叫作纸坊村湖，算是纪念他们吧。

人是很容易忘记过去的，景区建成后，游客蜂拥而来，他们完全不再说走山的事。黑有亮就在景区打工，做个导游，当游客们在欣赏和惊叹着纸坊村湖的美丽，黑有亮总是不吭声，他们问：你是哪儿人？黑有亮说：当地的。他们哦了一声：古书上说有野趣而不知乐者，樵牧是也。后来，黑有亮不做导游了，被安排去经管三处钓鱼台。

黑有亮不明白湖是新湖，并没有投放鱼苗，哪有鱼可钓？问主任：鱼从哪儿来的？主任倒问他：你身上的虱从哪儿来的？

果然，湖里就开始钓出了鱼，有鲤鱼、草鱼、鲇鱼、鲫鱼和身上有红斑的花鱼。游客们凡是定时付款钓上来的鱼，称过斤两，可以折一半价，拿去湖边的餐馆里清蒸、红烧。不知从什么时候起，有了一种黑鱼，那是黑得像炭的颜色，头很小，却有着黄鼠狼一样的尖嘴，白生生两排牙，能发出哇哧哇哧的叫声，如同纸坊的木锥捣竹绒的声音。黑鱼初钓上来，咬伤过很多游客的手，也曾发生过餐馆里的厨师把鱼杀了，刚要捏起鱼头放锅里煨汤，鱼嘴竟咬住了指头的事。后来再钓上黑鱼，用竹笼罩住，剖宰时也得先用勺子按住鱼头。

秦岭中段的河里溪里从来没见过这种鱼，景区就宣传这和土鸡土鸭土猪一样是土鱼。游客多来自城镇，城镇里的人婚娶，找情人，都讲究要漂亮的，而吃食上却要土的，越土越好。黑鱼皮厚，剥了皮，肉嫩，味道鲜美，为了能吃到黑鱼，游客来的就特别多，而且来过了还再来。黑有亮常常想：鱼的最大愿望就是把坟墓建在人的肚里吧？就看着那些人吃了鱼都满足了，鼓腹而歌。

二十三

五凤山其实是五缝山，山上有五条缝，住着数百户人家。东边的缝一会儿宽一会儿窄，是金线吊葫芦状，住在那里的张家、刘家都是隔一辈多子，隔一辈单传。北边的缝最长，缝沿边长满着狼牙刺，从没有砍过，上边常挂了树叶、破布败絮和塑料袋子，住着的谢家、宋家、吴家，人多是些杠头，小时候说话尖酸，做事偏执，七十八十了，也是杠头变老了。西缝一带的人姓杂，高、田、希、宁、邢、钱、裴、时、翁、洪、封，出过三个疯子，但也出过六任村长。而南缝和中缝都流水，那一片都是武姓，人比较风流。遭了年馑日子再穷，喝一碗苞谷糁子汤要坐桌子，要有四碟子，放着盐、醋、辣子、葱花，还要有一只木刻的鸡。出门办事，男人一头一脚要整洁，女人涂脂抹粉，活在细节里。就传出某某女子在山下的镇子里有相好，相好从山下常带来吃食和日用品，她是吃鸡要吃长得漂亮的鸡，洗脸只用胰子。也有某某老汉竟能从外地娶回来了一个相差二十岁的媳妇，他要显得相配，天天刮胡子，晚上在搪瓷缸子里盛上开水，把裤子要熨出棱来。

五凤山上的人家居住分散，房子都是随地形而建。如果儿子娶了媳妇，沿着老屋前后或左右再接续一间两间。如果死了人，坟墓又都修在屋旁不远处，早上扫地，一把扫帚从院门口就扫到墓前，猪总爱卧在那里哼哼，鸡也常把蛋下在墓堆上的草窝里。从山下往山上看，院门楼和墓碑庐一样高大，以为五凤山人口越来越繁多，实际上七十年来人数一直不增不减，也就是每年死去多少，就能新生多少。有过这样的纪录，有一年新生了五个婴儿，到了腊月十八了，仅死了四个老人，都以为要打破平衡呀，大年三十初夜响鞭炮，北缝的宋家老二逞能，做了个炸药包放，结果把自己炸死了，完成了最后的指标。

春节里，从初一到正月十五，按风俗每一个院门楼上和墓碑庐上都得挂灯笼，白天里或许还不明显，黑夜里到处都是光亮，阵势非常壮观。所有的人，都站在自家的灯笼下，看别人家的灯笼，自家的灯笼也被别家的人看着。这时候，发现哪一户院门楼上没灯笼了，或是哪一个墓碑庐上还黑着，便说：哦，胡家死绝了。

五凤山上姓胡的就一家，父母去世后胡会众到四十八岁上还没婚娶。

他是小时候被驴踢过脑袋，从此智障。但他知道白天黑夜，以至于看什么不是白就是黑，非黑即白。灯亮了他不说灯亮说灯白，火灭了他不说火灭说黑火。村长念及他生活困难，想列为五保户，给他说了，他说：你说白话。村长说：我咋说白话？生了气就没再列入五保户，他见人说：村长人黑的。他抱了鸡到镇上去卖，人问：会众你到哪呀？他说：走路呀。人说：你别走迷了，得跟个谁。他说：我跟风。是在刮风，风在路上簸着烟土移走，他真的一直跟着风走，在山下的河滩里兜兜转转了几十个来回，人到底没到镇上去，走累了，怀里抱着鸡在风里睡眠，一觉从白天睡到天黑。

村长到底还是可怜胡会众，自己出钱，让胡会众帮着放羊。村长家的羊十五只，胡会众只理会有白羊黑羊，却数不清。放了三天，羊群少了两只。村长后来只让他放两只羊，一只白羊，一只黑羊。村长叮咛：你不要让羊跟你，你要跟着羊。他说：跟白羊还是黑羊？村长说：黑白都跟。羊再没丢过。到了冬天，山上的青都枯了，山顶上的野苜蓿还绿着，胡会众跟着羊到山顶去。要经过西缝旁的坡，坡很陡，白羊爬上了，他跟着爬，发现黑羊还在坡下，下来撵黑羊爬，他再跟着爬。快到山顶的时候，西缝的裂口就在那里，有两米多宽，白羊一跃，跳过了，黑羊也一跃，跳过去了。他站在缝沿往下看，缝里是黑的，看不到底，他鼓了劲，往过跳，双脚已经是挨着了对面的缝沿，但身子没撑住，就掉进了缝里。

胡家的院门楼上，墓碑庐上再也没有了灯笼。一年后，他的坟墓上长满了菅草。而他家的房屋则修缮了一番，成了五凤山又一个集体开会学习场所。他家的房子不大，院子却宽敞，各家各户出一人来，开会学习了，就都坐在院子里。村长依然口若悬河，好多人脑袋涨涨的，就不专心，扭头往院墙上看，看到了那坟墓上的菅草已经长得高出了院墙，在抽穗吐絮。絮非常白，但不能算花。乌鸦就时不时飞在那里叫唤。

二十四

天山因山长成个天字形，尤其下了雪看得清晰。

下雪了，山下镇子里的延小盆就给老婆说要上山捕狐子。媳妇不高兴，说：一下雪你就上山捕狐子，去了多少回了，捕的狐子呢？不是你捕狐子，是狐子勾你魂吧！山上独独有一户木匠，木匠长年在外干活，木匠的小媳妇在家。小媳妇长得俊俏，惹得镇上好多男人去骚情。老婆肯定听到了什么，她话中有话，延小盆便说：我跟巩一斗一块去的。在延小盆的朋友里，老婆信得过的只有巩一斗，老婆就不再吭声。

但延小盆这次上山并没有叫巩一斗，跟着他的是陈毛子。两人带了一包炸药，一只鸡，还有一盒擦脸的海巴膏。四个小时后到了山上，木匠竟然在家里。延小盆不好问木匠啥时候回来的，看女人棉袄上套了件粉红衫子，腰身乍乍的倚着门，他也就假作不熟。对木匠讲了来捕狐子的事，然后说：得在你家柴棚里住一夜了，这我付钱。木匠厚道，说柴棚里太冷，上房里有火塘。

上房是三间，东间有隔墙，做的卧屋，中间算是客厅，摆了板柜、方桌、椅子，西间是灶台，灶台前一个很大的火塘。木匠把延小盆、陈毛子招呼在火塘边坐了，又添了柴火，火呼呼发响，女人说：火笑哩。在火塘烤干了脚上的湿鞋，延小盆和陈毛子在方桌上把炸药配好了，多加了些碎瓷碴，再把鸡杀了，剥下皮，分别包了十几个小药丸。女人说：每个药丸上再插根鸡毛吧。延小盆讲这建议好。女人说：那我给咱煮肉呀！拿了没皮的鸡在案板上剁，又去院里抱柴火回来烧锅。从上房门里望去，院子里的雪地上踩出了一行脚窝，脚窝小，小了好。鸡肉煮到锅里了，女人弯腰从一个罐子里往外舀花椒和茴香，屁股撅着是那么饱满圆实。木匠过来帮忙把药丸往木盘里放，延小盆说：小心！掉下去会爆炸的。木匠说：这药丸狐子能去吃了吗？延小盆说：有鸡皮呀。女人把罐子放到屋角的架板上了，转过头来看，光线幽暗，脸更显得白，无声地在笑，他感觉那是一朵花在开。

赶到天黑前，延小盆和陈毛子去山坡上投放药丸，木匠也跟了去。他们投放了三处，每处在狐子可能要经过的平地上放一颗，又估摸狐子狡猾，不走直路，就又在坎塄上放一颗，在坎塄下放一颗。放好了，陈毛子对木匠说：等着狐子来，一吃药丸就炸了，不炸死也把嘴巴炸掉的。延小盆赶忙发嘘声，小声说：附近或许藏着狐子，别让听到。然后回屋围火塘坐了，开始吃鸡肉，木匠还拿出了自家酿的苞谷酒。鸡吃了一半，延小盆没有听到爆炸响，问女人：是不是还没声音？火光中女人脸白里透红，也喝多了，眼睛迷离，说：没声音。这一夜到底是没有爆炸声。天亮跑出去查看，雪地上发现有狐子蹄印，但两处投放的药丸都在，而第三处投放的药丸被挪了地方。木匠说：它咋挪的？延小盆说：它会轻轻叼着挪的。木匠说：这里咋没有蹄印？延小盆说：狐子鬼精鬼精，它离开时尾巴会把身后蹄印扫除的。把狐子挪开的药丸重新选一个地方放好，他们返回屋里，再等待吧。

刚进了屋，延小盆的手机响，是巩一斗打来电话，告诉弟妹给他打电话了，问是不是一块去山上捕狐子了，他明白是弟妹起了疑心，多亏他反应快，回应是在一块。巩一斗说：你上山怎么背着我？你给她回个电话！延小盆就给老婆回电话，说他和巩一斗昨晚炸着了一个狐子，药丸做得太大了，把狐子炸成了两半，那皮子无法剥了。现在重新包药丸，包小点，若再能炸上一只两只的，回来用皮子要给老婆做个围巾呀。打过了电话，他又拨通巩一斗的手机，让巩一斗今天不要待在家里，以防他媳妇去求证。再是要给家里人叮咛，万一他媳妇去了，说话不能露了馅。

安顿好，四个人又坐在火塘边。半天没了话。木匠说：我给你们烧土豆吃。起身去了院角柴棚里取土豆，延小盆便掏出个东西要给女人。女人说：这啥呀？延小盆说：海巴膏。女人说：这我不要。延小盆说：你拿上。陈毛子转过了脸，看着院子，木匠拿了土豆往门里来，陈毛子哼了一下，回过头，女人到底没有要海巴膏，延小盆只好把海巴膏装回兜，从女人身边闪开，装着被烟呛了，连声咳嗽。

火塘里烤上了十几个土豆，延小盆忽然想起事，要陈毛子给他老婆也打个电话。陈毛子说：嫂子对我有偏见，我给她说啥？延小盆说：你就问我在不在，以证明咱们不在一搭。陈毛子说：瞧你这辛苦！延小盆说：唉，编一个谎，得用三个四个谎圆么。陈小毛悄悄说：你又骚情失败了。延小盆更是悄声：古人讲妻不如妾，妾不如妓，妓不如偷，偷不如偷不着。两人哧哧地笑。

陈毛子拨手机，为了不让延小盆老婆听见这边说话声，是去了院门外。不一会儿，咚的巨响，女人说：爆炸啦！延小盆觉得不对，药丸投放地离房子远，爆炸声怎么这样脆？但他还是跑出来，院门几十步远，没有见到狐子，雪地里倒着的是陈毛子。陈毛子踩上一颗药丸，把脚炸伤了。延小盆一边扶陈毛子，一边苦笑，对着也跑出来的木匠和女人说：嘿嘿，这狗日的，把药丸叼到这院门口！

二十五

沿麦溪走二十里到北顺关，两边崖脚多洞穴缝罅，山洪暴发时，水流激荡，声如叩瓮，而进入枯水期了，里边有大鲵，能看到游来游去的，却就是无法逮住。

左岸是一块稻田，稻苗齐腰高了，怀着风，在连续不断地出现着笸篮大的旋涡。有一株稗子一直藏于其中。稗苗一拃高的时候和稻苗没有区别，它生长得太苗壮了，当比稻苗高出一头，枝叶硬朗，颜色黝青，叶沿上满生出小齿，才发觉自己是异类。稗子感受到了周围的紧张气氛，更害怕农人有一日来将它拔除，就在大鲵像婴儿哭啼一样的叫声里，胆战心惊。

这块稻田的主人是崖底村的柳麻子。他生下来就一脸麻子，被人作践：前世和猪争过糠，今生脸不光。他好久没来稻田经管了，因为媳妇过了预产期两个月后分娩，大量出血，接生婆问他是保大人还是孩子，他说没了孩子以后还能生，没了大人那就再也娶不到媳妇。接生婆就抓住先冒出来的孩子小脚往出拽，没想竟囫囵囵拽出来，说：咦，这是生牛犊哩。牛犊子生下来块头大，这孩子也大，称了九斤七两，便起名柳十斤。

柳十斤一岁时开始跑，能吃能喝，胖到五十斤。七岁上已一米五，胳膊垂下来过膝，穿着和柳麻子一样的鞋，人没到脚先到。村里人说他是柳麻子的儿子吗，不是电线杆托生的？这是长扯了，要傻呀。柳麻子觉得丢人，说：娃呀，娃呀，再不敢长啦，再长就没用啊，一辈要苦的。但柳十斤还在长，长到两米三，家里的门拆了加高门框，炕也重新再盘，他的衣服永远显得短，鞋小脚大，脚指头全部长弯。

村里会计的表姑在县城，这年春上，表姑带着女儿、女婿来探亲，女婿得知河里有大鲵就去逮，而洞穴缝罅里水深，手伸进去似乎能摸到了，又终逮不住。正好柳十斤路过，会计喊：十斤十斤，你胳膊长。柳十斤过来逮，也是没逮住。那女婿却看中了柳十斤的个头，说他可以给柳十斤在县城找个工作，问愿意不？柳十斤当然愿意。柳十斤后来就去了一个演出团。演出团里有唱歌的跳舞的，也有耍猴玩蛇的，班主要柳十斤和一个一米二的侏儒搭对，在节目之间出来串场。柳十斤觉得受辱。班主说：你长得像树，树只喝水而你要吃饭，你能干了啥？柳十斤出来了不愿意再回村，还是留下来。第二年，演出到山外的城里，台下有人看到了柳十斤，当天夜里，柳十斤失踪了。

失踪的柳十斤杳无音信，村人便认定他是死了，柳麻子哭了一场，说：罢了，稻田里总有稗子的。

这一年，会计用炸药炸了崖脚下的洞穴缝罅，逮出了大鲵，大鲵在县城能卖到大价钱，就开始人工饲养。随后村里好多人都加入进来，会计成立了大鲵饲养有限公司。柳麻子以左岸那块稻田入股，改为鲵塘。

又过了五年，会计和柳麻子给县城里送大鲵，晚上住宿在宾馆，宾馆里的电视在转播全国篮球比赛，画面里出现了一个特大个子的运动员。会计说：长得这高？说完了，觉得话说得不妥，又改口：麻子，打篮球哩，你不来看？柳麻子说：一群人抢一个球么，有啥看的。会计却突然叫起来：这九号，这九号，咋像是十斤？柳麻子这才看了，果然就是柳十斤。柳十斤还活着，竟然成了运动员，柳麻子拍打着电视机喊儿子，把电视机拍打得从桌子上掉下来。

消息很快传到崖底村，村里人明白了要改变命运，如果没有资金，没有技术，没有胆量，那一定得有特殊。但很多年过去了，再没一个长过一米八个儿的，也没一个不到一米个儿的人，即使有力气，没有人一拳能打死牛的，即使能吃，没有谁一顿吃了一铜锣底小米熬成的粥。除了村长、会计和大鲵饲养有限公司的几个人，别的都是平常人。这些平常人有着三亩地、一头牛，守着老婆孩子，围着火塘烤树根疙瘩火，吃着土豆和煮着土豆的苞谷糁糊汤。饿不死，冻不死，但活得不旺，活得不体面。曾几何时，有人去县城偷自行车卖着变钱，更多人学样，崖底村一度成了北顺关甚至麦溪上下的旧自行车交易点。当然这不会长久，遭到县公安局查封，并铐走了几名首犯，而县城的墙壁上有了宣传标语：防火防骗防崖底贼。

二十六

之所以叫云盖寺，是云常常就把寺盖了。其实，云来了，不但盖了寺，也盖了整个小镇。

这个冬季，霜降一过，云多是天才黑就从山上流下来，一进入南街口翻滚得如同席卷。很快，不见了街道，不见了街道两边的门面房，而似乎还有亮着的灯，光亮像风吹雨淋过的一片红纸，后来也就消失了。

一夜的寂静无声，天亮的时候，偶尔从寺后的河面上吹来一阵风，北街口的那棵娑罗树被云隔成了三截，树根已经清晰了，坐着老和尚。老和尚每日黎明拿竹帚扫寺门口一直到村前的六百二十八级台阶。他扫的不是尘，是云。现在，老和尚扫完了最后一级台阶，返回寺里去了，石板铺成的街道逐渐出现，上面一层冰，冷冷地发光。屋檐下吊着的那些写着茶、酒、饭馆、客栈字样的招牌在摇晃。哐当哐当的声音响起，许多人家开始抽门关，卸下门板往出摆货摊。有老汉用竹竿支起了一个货架子，拿手去抓擦身而过的一朵云絮，没有抓住。远处是一阵咳嗽声，说话声，啊啊地打哈欠声。

背了一夜炕面子了，还没睡好？

越睡越睡不够么。

睡死你！

哎，我问你人死了是不是觉得自己没死？

啥意思？

常言说死了如睡着，那睡觉是知道自己躺在炕上要睡呀，可什么时候睡着了并不知道呀，是不是？

你死一回就体会了。

街道完全地通透了，可以看到远远的南街口，那里站着一条狗，小得像是猫，汪汪地叫，声音发闷，像是在瓮里，卖甑糕的秃子推着独轮车就慢慢地过来了。秃子是按时按点到达，从不叫卖，因为他是哑巴。沿街卖苞谷糁糊汤的店门口有了人，卖糍粑的摊前也集了人，打烧饼的人支起炉子。豆腐坊的第一锅豆腐揭了笼，马寡妇吆喝：豆腐——噢热豆腐。杂货店的人拿了碗，趿着鞋跑去，斜对面哧地洗脸水泼出来，买豆腐的说：都滑成啥了还泼水？泼水的没吭气，杂货店的女人还在梳头，大声喊：让多放些辣

53

子啊！

深山里的小镇贫瘠得安静，日子就这么堆积着，过去了月，也过去了年，一直到了二〇一六年的一天，突然有了故事，如同中街客栈旁榆树上的老鸹窝被戳了一扁担，纷乱和嘈吵了一阵。

那天是阴历十月初二，照常的一个早上，云刚刚从街道上散去，秃子推着卖甑糕的独轮车到了豆腐坊门口，前边的路上仰面躺着一个人，以为是豆腐坊的老刘，就大声哇哇起来。哑巴的话没有节奏，别人听不懂，但他的意思是你老婆又不让你在炕上睡啦？一抬头，老刘竟从店里出来，问：你说啥？秃子忙停下车子就去扶躺着的人，认得是后巷的任秋针，身上穿着蓝布棉袄、黑棉裤、旧胶鞋，后脑勺一个窟窿，血流出来结了冰，人早就已经死了，变得僵硬。

任秋针五十出头，家里有老母亲还有两个孩子，因为住在后巷，没有门面房开店做买卖，就饲养了十几只羊。小镇上几十年从未发生过非正常死亡，本分老实的任秋针怎么就横死在街头？这事惊慌了整个小镇，议论纷纷。派出所的人很快到了现场，排除了他杀和自杀，经尸检，也排除了心血管疾病导致的猝死。但任秋针的家属不行，太平社会，好端端一个人，说死就死了，真相到底是什么？停着尸不肯埋葬。镇派出所是全县评比中的模范派出所，也有心要给小镇个交代，于是进行详细调查。

据家属讲，头两天任秋针在黑沟放羊时丢失一只羊，回来自己给自己生气，喝了一瓶白干。事发的前一天黄昏，得到消息，黑沟村捡到了那只羊，任秋针就给家人说要去黑沟村呀，出门时还在怀里揣了一盒纸烟。事情肯定与黑沟村有干系了。黑沟村村长承认黑沟村是捡到了一只羊，也承认任秋针那天黄昏来过黑沟村。黑沟村是个穷村，那天集体在山脚下修水渠。捡到羊，原本想杀了给各家分肉的，羊太小，村里户数多，村长提议杀羊熬汤吧，让全村老少都能沾上腥，天这么冷，驱驱寒。而任秋针到村时羊汤已经在熬，支了三个大筒子锅。任秋针和村人论理，村人说，羊是村人捡的，杀羊也是本分，这就像雨下到谁家田里那就长谁家的庄稼呀！任秋针论不过，捶胸顿足地哭。村人见他可怜，安慰他，让他也喝羊汤。全村老少是各喝了一碗两碗的，他喝了三碗。天黑后任秋针返回，村长还把他送到寺后的青莲河滩。

黑沟村人熬了羊汤喝是能说得过去，并且全村百十多人都喝了汤，能说谁不对呢？任秋针若那天黄昏不去黑沟村或许回来不至于死在街头，可那是任秋针自己去的黑沟村呀！那么，任秋针从河滩到镇上还发生了什么事吗？糍粑店的孙掌柜主动来报告：任秋针脚上的旧胶鞋是他给的。那天晚上，他在店里蒸土豆，因为第二天有人给孩子过满月，订下的糍粑多，夜里两三点了，任秋针就经过门前。那时街道上都是云，店里灯光照出去，只能照出簸箕大一片亮，任秋针经过时在咳嗽，他说：打牌才回呀？任秋针说：我啥时打过牌？就站到了店门口。他是看到了任秋针一只脚上穿着鞋，一只脚竟然光着。他问天这么冷，你光脚？任秋针说是从黑沟村回来，过青莲河上列石时绊了一下，一只鞋被水冲走了。他见任秋针寒碜，就把他的一双胶鞋让任秋针穿，胶鞋是旧的，鞋底都磨成平板了。任秋针穿了鞋，说：明日我还你。

或许，就是这双底磨成平板的旧胶鞋，任秋针穿了在街上石板路上走过时，云大，石板上又结了冰，滑倒了后脑勺着地而死的？可孙掌柜是一片好意，哪能是他的责任呢？再调查石板街道结冰的事，确实是如果石板上不结冰，旧胶鞋再是底子磨成平板也不会滑跤的。但是，小镇上自有了这条主街道，以前住家和以后做门面店铺，大家都习惯着把洗脸水、洗衣洗菜水、淘米水，顺手就泼到街道上。这怎么认定是谁的错呢，有错那是家家户户都错。街道上的人争辩，哪个冬季里街道上不是一层冰，是摔过人，可都是跌个屁股蹾儿，他任秋针一摔就死了！

派出所调查之后，结论任秋针确实死有其因，但又无法认定谁有责任。任秋针家属还是不行，镇政府补助五千元。

任秋针埋葬后，过五七，家人在寺里做了一场焰口超度。那天晚上依然是云盖了寺也盖了小镇，寺后的河面上没有吹来风，云不是如碌碡滚，也不是如席筒卷，而是弥漫成糊状，混混沌沌，完全看不见北街口那棵娑罗树，看不见那六百二十八级寺门前的台阶。

二十七

走黄沙峪三十五里是洞山，山上猴子多，全身金丝毛，常常拦住过路人要吃食，甚至抢劫。翻过洞山过耿水河，往左二十八里是公母山，山峰有一男一女人形石，崖畔长满鸡骨头木。此木长到酒盅粗就不再长，质地坚硬，砍下来做拐杖最好。耿水河上下三个镇都有杂货店卖这种拐杖。经过公母山五十里，进入二郎峡，有瀑布，有湫，峡壁上长石斛和独叶草。再走出青牛湾就到了老城。之所以叫老城，是清末民初时县城建在这里，城池很小，城墙用石头垒的。最后一位县长姓韦，公正清廉，每日的午饭都是一碗白菜豆腐汤两个蒸馍。但那时国家纲纪松弛，社会失正当变，一个夜里有土匪攻城抢粮，杀了无数人，连县长的头也砍下提走了。后县城在别处重建，这里就遗弃荒废，一百多年过去了，现在只剩下一截城门洞，城门洞里外住了八户人家。

八户人家，一户的爷爷是个驼背，似乎脖子上压了石头，走路手能触着地，眼睛无法看到高处。一户的老婆婆脖子下长了肉瘿，像吊着个布袋，上面血管清晰可见。一户夫妇都姓李，没有儿女，男的从山上滚下来断了脊梁，常年瘫在炕上，女的不好好伺候，出来给人说：身子都死，头还活着，就是能吃。

可能是杀伐之地的阴气重，可能是太偏僻了人就长得丑，却有姓呼延的一户，孩子瘦瘦的脸，耳尖高过眉毛，非常秀气。这孩子在娘过世后，曾经投靠青牛湾的姑家，在那里小学读过书，毕业后回来跟着爹务农。他听爹说过二郎峡的瀑布，水好像是从天上下来的，在下边用盆子接，盆子里却一滴水都盛不住。听说过公母山上的鸡骨木拐杖有灵性，白天挂了走路，蛇会避远，夜里是可以打鬼。也听说过洞山上的金丝毛猴能立起后腿行走，会说人话。孩子还要问外边的世界，他爹最远也只到过洞山，再说不出什么，训道：你话这么多的！

孩子不再向爹问这问那了，喜欢独自想心事，这些心事后来都成了疾病，在夏天里头发疯长，像草一样，还特别粗硬，看上去是一根一根插在脑袋上。和爹去沟里的地里劳动，爹捐了犁杖在前边走，他吆着牛跟在后边，为了使牛好好走路不贪吃路边草，给牛嘴上套上竹编罩，他嚼甜黍秆，把嘴也占住。半坡上的小路曲里拐弯，路两边都是一尺高的狗尾巴草，在风里摇晃，他就觉得路在乱颤，停下来观察，和爹拉开了距离，爹便黑了脸吼他。他一个人去地里挖薯，挖出了一个红薯像是躬身侧睡的人：凸肚子，大屁股，腿很粗而脚很小。他觉得惊奇，拿了红薯跑回来让村人看。爹嫌他耽误了农活，又在吼他。初冬的早上，爹做饭，让他快去村前的池塘沿采些苣苣野菜了煮锅，他看见池塘里的浮萍全成了褐色，想着爹脸上长的斑也是褐色，一时悲伤，忘了采苣苣野菜。爹不见他回来，出去见他在池塘沿上哭，就再次怒吼，这一次吼得厉害，还动了手。

到了春天，二三月里，莺飞草长，百花竞开，但春天都是人饥饿的季节。粮食接不上，瓜瓜果果又没有，村里人一天三顿都是生了疤的红薯，吃得胃疼，吐酸水。看什么东西都琢磨着这能不能吃，而皂角树长出了刺，蜂巢挂在檐下，蓖麻叶沿满是锯齿，狼在沟畔里出没，又恐惧着什么都要把自己吃掉。爹浑身浮肿了，指头一按脚面一个坑，半天恢复不了。瘿婆婆走路就跌跤。驼背爷爷已经睡倒在炕上十多天了，孩子去看他，他还有力气说想吃白面疙瘩汤。可家里的米面罐子揭了底，孩子拿着碗去各家借白面，家家都没有白面，最好的吃食也就是姓李的那户，女的用红薯面压了饸饹，待他把饸饹端给驼背爷爷，人却死了。

一天的黄昏，孩子在山上摘一种叫软枣树的叶子，这种树稀少，叶子打成浆可以做凉粉吃。他回到家来，只说能听到爹的表扬，爹没表扬。他说：爹呀，晚饭咱吃啥呀？爹说：不吃啦，睡去，睡着了就不饿啦。爹的话哄人，他睡上炕了，而肚子饿得压根睡不着，又起来，坐到了那截石头门洞上生气。习习的风吹了来，他张嘴吞了几下，心里还说吃风屙屁，果然就放了一个屁。肚子里的气似乎是泄了，而远处的溪水在响，门洞的石头缝里也有蛐蛐鸣叫，他便又胡思乱想起来。一会儿怀疑天上真有天狗，把月亮吃残了一半，一会儿见门洞旁的杨树一直在晃着树叶，又担心那树叶会晕。树叶没有晕，倒是他头晕了，忘记自己坐在石头门洞上，身子往前倾斜的时候，掉了下去，脑袋着地。第二天早晨，爹起来发现了他，他还躺在那里昏迷着。

很多年以后，老城里突然有了不速之客，这是来探寻老城遗址的人，穿着浑身都是口袋的衣服，挎了照相机，戴了墨镜，还有太阳帽、雨披和蛇药。探寻人在这里住了五天，就见到了一个年轻的傻子。关于老城的历史和传说，傻子一问三不知，只是笑，笑时两只高过眉毛的耳尖一耸一耸。但傻子十分兴奋，也极殷勤，一直跟着探寻人，过溪时就先去搬石头在水里支列石，进树林子又用刀砍藤蔓开道。关系一熟，傻子的话特别多。探寻人在感叹着村的周围草木都开了花，红的黄的白的蓝的，美不胜收，傻子却问：土里是不是有各种颜色？池塘里有了啪哧声，是鱼跳出水面，傻子又问：鱼只喝水就活着，人为什么要吃饭呢？探寻人觉得傻子有趣，也是要故意逗他，傻子那小小两片嘴唇再不停息，有太多的问题要问，把不可说的东西都要表达出来：山根下的坟墓里埋的是驼背爷爷，土里埋了什么种子就长出什么苗，驼背爷爷也会长出来吗？溪水溅起来像沙子一样一粒一粒的，会不会就流不动了呢？鸡叫天就亮了，鸡不叫天怎么也亮了？屁股黑是裤子捂的，萝卜在土里怎么是白的？太阳如果不热了呢？牙和指甲算不算骨头？鸡下的不是蛋是冰雹？把风也能养起来？傻子又总是担心西边那个山头要垮了，瘿婆婆的那个囊袋要破了，姓李的男人要长出蘑菇，场畔的碌碡要被风吹走呀，门洞旁边的杨树要被雷劈的，爹也会在哪一天就死呢……探寻人惊奇地看着傻子，说：咦，你是个诗人么！傻子说：我是不死人！探寻人笑了笑，摸着傻子的头，傻子的头发多着，像栗子色，像刺猬，一根一根的又像是天线，又说：傻子与神近啊。

二十八

站在了拔仙峰，看群梁众壑远近起伏，能体会到山深如海。正是清晨，所有的谷底沟畔便有了云堆，或大或小，像是无数的篝火在冒烟，烟端直上长。太阳要出来了，先是一个红团，软得发颤，似乎在挣脱着什么牵绊，软团就被拉长了，后来忽地一弹，终于圆满，随之徐徐升起。而一起长上来的云，这时候分散成块，千朵万朵的，踊跃着，开始了鼓舞欢匝的热闹。这样的场面可以维持十多分钟，有时甚至半个小时，云又弥漫，再又叠加，厚实得是铺上了一层棉，棉上的阳光一派灿烂。

拔仙峰上是观日出云起的地方，拔仙峰上也是道教上清灵宝天尊的道坛。现存的一座道观，规模不大，但所有建筑全木雕砖镂，大殿是金顶。多年来许多高人捐过巨款，道士并不扩张，而花钱雇人从山下购买米面油盐，烧纸香烛，供观里日常生活和祭祀之用，再就是买萝卜，大量的白萝卜，贮存在地窖里。

上山的游客多，可以坐滑竿，滑竿来回一趟千元，大多的人还是步行。到了峰上观赏了大自然的壮美，就去道观里进香，礼拜，道士会赐给一个萝卜。萝卜在山下是萝卜，到了仙境就叫如意。然后便到厢房去抽签。三百六十四支签分下下签、下签、中签、上签、上上签。抽签人都神色庄严，口不可言，各在心里祷告着生意、仕途、疾病、学业。抽出一支，按签号去取签词，院子里便有大呼小叫的，有会心微笑的，有愁眉和苦脸的。

到处都在传拔仙峰道观里的签灵验，便有县上、市上甚至山外省城的领导来山下的镇上检查工作。镇长当然要给领导推荐到拔仙峰去，看日出，看云起，吃如意。

有一年麦收过后，农闲时候，县上一位主任携夫人坐滑竿到了峰上，那夫人兴致极高，给大殿里送上灯后，吃了如意，便去抽签。抽的都是下下签，夫人黑了脸，再不说话。镇长十分尴尬，便把道士叫过一边责骂。道士说：签是天意么。镇长说：签不是你做的？

从此，再有镇长陪同了领导到峰上来，道观的签筒里全换上，上上签。

二十九

二道梁有一湫池，面积数百亩，不知道有多深，颜色一直发黑。当地人把湫池叫作海，二道梁的湫池大，大了就是爷，因此这湫池叫爷海。从爷海往南是白鹤山，山上终年有雪。翻过白鹤山就是青龙河，河湾里有个古驿，现在是镇，镇前的崖壁上刻着四个大字：山海经过。

这里应该就是青龙谷最大的盆地，南边是弓状的案板梁，北边是椅子形的黄石坡，西边枫叶堤，从南伸来一个崖头，东边的堆秀岭又从北蹚出一个山脚。站在镇子上看，几乎看不到青龙河是怎么来的又怎么去的。

镇在二十世纪七十年代初，属于河阳公社的一个大队，刘争先二十出头当的队长，后来，大队变为村，他再当村长，到五十八岁去世。刘争先是个优秀的村干部，更是个狠人，三十年间一直在带领着村民改河修田，英武了一辈子。

刘争先早年的功绩是把河北的那片芦苇滩改造出三百亩水地，三年后水地里的稻子丰收。尝到了甜头后，他自信了，开始有了更大的雄心，就是决策把河道改到案板梁下，腾出老河道，可以增加一千五百亩水地。这工程浩大，他力排众议，干了十二年。河是顺着案板梁转了一个大弯，河道比以前缩窄了三分之二，河堤全用石块筑了。然后在老河道上掏石、挑沙、淤泥、填土，又花费了八年。待到新修地的稻子由亩产四百斤、六百斤，提高到八百斤，村子成了全县先进村，刘争先也被评为劳模。而刘争先又决定在河面上建一座石拱桥，一方面能方便去河南的案板梁，那里仍是有村里许多坡地，种着谷子、黄豆和红薯，一方面，既然是全县先进村了，村子也应该有个好建筑啊。

在整个改河修田以及建石拱桥的过程中，政府没有投入资金，施工没有任何机械，靠的就完全是镢头、扁担。那些年里，全村的男劳力再也看不到一个胖子，都劳累得黑瘦如鬼，手脚变形。挖断的镢头估计有一万把，穿烂的草鞋扔在坑里沤粪，三个月就积一个粪堆。刘争先更是手上一层老茧，膝盖上有死肉疙瘩。在工地上，他检查这样，督促那样，吆喝、训斥、发脾气，甚至破口大骂，嘴角总是带着白沫。桥修到一半，他已经患上了严重的肝病，常常疼得直不起腰，让人用箩筐抬着去指挥。为了能配最好的石桥栏杆，他带人去十五里外的桃花山上开采荧白石。在桃花山上待了五天，肝病又犯了，口里吐血，竟吐了半脸盆子，赶紧拿架子车往回拉，半路上人就死了。

石拱桥竣工的那天，村人在桥头给刘争先烧纸钱，河道里吹来风，桥面上起了一股沙尘，像绳子直立着在来回移走，足足十多分钟才消失。所有的人都哭了，说那是老村长从桃花山回来了，他丢失了身体，回来的是魂。

为了纪念刘争先，石拱桥起名争先桥。桥真的建得好，成了村子的标志。全县多村镇陆续有人来参观，参观了莫不感慨万千。

两年后，青龙河却发了洪水，从来没见过能发那么大的水，一人高的浪头，挟裹着乱石、杂木、牲畜的尸体，汹涌而来。洪水进入枫叶垭下，来不及拐弯向南，冲开石堤，端直从盆地中过去。五天五夜的洪水慢慢消退，整个盆地面目全非，一千五百亩耕地没有了，青龙河又归位了往昔的河道。而石拱桥还在，安然无损，只是案板梁下沙石隆起，成了干滩，石拱桥就在干滩上。

三十

汶河一出堰谷，谷口便有一小岛，水在岛前一分为二，于岛后复又合二为一，岛上就是法显寺。

法显寺太小了，两间屋的大殿，再是东厢房一间，西厢房一间，院墙也随势而垒，弯弯扭扭。一个和尚，供奉着一座铁佛，佛的眉眼像和尚，和尚又多是当地人的特点：厚肉脸、高颧骨、嘴角下弯成弓状。

寺院里只有一棵柏，赤铜颜色，树干子特别高，枝叶却只簸箕大。和尚坐在柏下念经，柏籽就三颗四颗掉下来，在他的头上跳跃，再掉到地上跳跃。有时和尚在那里睡着了，早晨的太阳还照在头上，到黄昏，太阳照在脚上，一天的时光就是从头到脚。

和尚常到汶河对面的树林子里挖山药。曾经挖到过一个百年山药，用刀切下去，黏得刀拔不出来。也砍那些藤条，做出许多拐杖，放在佛前，若有香客来，愿意拿走的也就拿走。

寺院没有院门，来云了被云封着，没云了河光水汽把各种幻影反射到那里。每到夜里，院里都有响动，和尚知道是一些狐子、山兔、獾、果子狸、野猫野狗的进来，它们说些什么话，和尚听不懂，也不起来，翻身又睡去。天明了用扫帚扫那些奇形怪状的蹄印。如果下了雨，和尚自己坐在西厢房的土炕上缝补袈裟，隔窗能看到东厢房檐下站了许多人，但人脚都没有踏实在地上，他也知道那是些鬼。寺就是为活人和死人的魂灵而存在的，鬼怕痰，他便不咳嗽。

生命就是某些日子里阳光灿烂，某些日子里风霜雪雨，和尚已经八十二岁了。

法显寺地处偏僻，狭小荒败而和尚又似乎慵懒，当地人都住在堰谷梁上，没有生死病痛，或者遇到了过不去的坎儿，一般不来烧香，更是没有商人捐款。寺院墙皮早已斑驳，墙头瓦一半破裂，大殿后檐也塌了一角。寺好像就是和尚，和尚好像就是寺。在这秋季的一天，平平常常的，和尚圆寂。他不是坐化的，晚上在土炕上睡下了，睡到半夜死去的，尸体僵硬，像一块石头。堰谷梁上有人盖房，去小岛前的汶河里担沙，顺便到寺里看看，发现和尚已死，把他装进一个长木匣里埋在了柏树下。

没病的时候不理会身体的各个部位，胃疼了才知道胃在哪儿，肝疼了才知道肝在哪儿。没有了和尚，寺的大殿里也没了香烛的馨气和磬声，院地的石板缝往外长草，夜夜有鬼哭鸮叫。

一年后，新的和尚来到这里，新和尚要给老和尚修墓，修在了大殿后。移尸时，挖出来的木长匣被虫蚁噬去了一半，老和尚却真的是一截石头。

三十一

长坪公路往西三十里，有着青云峡。峡上空常年云很低，呈靛色，翻腾滚动，但很少下雨，两边的红沙崖上又多有洞窟。县志上记载，传说这里曾是仙人炼丹之地，而那些洞窟则是宋元时期当地山民为避匪而凿居的。洞窟分一间室的，两间三间室的，里边有炕，可以烧柴取暖，有浸水聚起的水窖，有灶房，烟从洞窟上方斜孔里出去。没有厕所，小便在洞窟口尿，大便就排在蓖麻叶、桐树叶上，毕了，捏起叶的四角摔出去。

青云峡和峡壁上的洞窟一直以访古的旅游景点在推广，不知什么时候起，旅游兴了要讲故事，重新讲故事，青云峡竟被宣传为有仕途青云直上之意，而洞窟又成了古时悬棺放置处。于是，制作了一具精美的木棺，取棺是官的谐音，再在木棺上铺层木柴，取柴是财的谐音，编排了一套节目。节目是每日游客旺时表演，极具仪式感，先要设坛祭祀，宣读祷文，几十男女身着古装，列队舞蹈。不辨是哪个民族，也不论是哪个朝代，如此大红大绿着，恣肆扭动着，就是表达他们与神的沟通和联系。然后长号声声，锣鼓火铳齐鸣，用滑轮绳索将木棺从峡壁下徐徐起升了，站在木棺上的人着红袍紫冠，戴面具，唱着歌，腾挪跳跃，往下抛撒木柴。节目取名升官发财，参观的游客就越来越多，以至于从长坪公路接续了一条大路到青云峡口，停车场有了，客栈有了，饭馆酒店、山货土产摊有了，也有了小偷和妓女。

多少年里，青云峡还是多靛色云，而每有表演，就有雨倾盆而下。这种现象，有说是火铳震动了云，有的说是节目应灵，却不免有观看者在大雨中鸟兽散。好的是青云峡已经为热闹景点，败兴的败兴而去，乘兴的又乘兴而来。

三十二

茶棚沟取名于沟里有家卖茶的。这家人姓许，卖了两辈人的茶。其实那不是茶，是从山上采的一种叫猫眼翠的草，加上胎菊、甘草、决明子熬出的汤，生津止渴，祛湿利尿。到了第三辈，出了一位中医，那一年老屋大梁上生出灵芝，茶是不卖了，给人看病，四十几岁便声名隆起，人称许先生。

茶棚沟距沟外的三岔镇三十里，镇政府让许先生去镇上开铺坐诊，许先生不愿意去，村里人也不愿意许先生去。镇上人甚至县上人有疑难杂症，都到茶棚沟村子来。来的人多了，村里二十户每家都是客舍，村长就负责给患者挂号，分配着这家住两个，那家住三个。

许先生到了六十岁不再亲自上山采药，这些人家的女人们经营客舍，而男人们全成了药农，但也分工明确，有专门挖丹参、当归、黄芪、茯苓的，有专门饲养飞鼠收五灵子的，有专门背了绳索在崖上采石斛、灵芝和独叶草的。药草挖采来了，卖给许先生。

许先生号脉是一绝，一搭手就能说出病在哪儿，病人拿出在县医院做过的仪器检查单，和检查的结果相同。病人说：你是神啊！许先生说：我摸了半天脉才知道你的病，仪器一照就清楚了。病人说：可我花了那么多钱在县医院没治好呀，你救救我！许先生就对症下药，药量都不大，一日一服，五服一疗程。

病人在客舍住下，服药三个疗程或五个疗程，大多是病好了，临走时要给许先生磕头。许先生说：病是三分之一不治也好，三分之一治了就好，三分之一治了也不好。不让磕头，可以去植一棵树。

社会杂乱，难以做到出入无疾。患癌的人越来越多，那些发现就是晚期的，去了县医院甚至出山去了省医院，凡是被告知回去吧，想吃什么就吃什么，想喝什么就喝什么，死马要当活马医，就又到茶棚沟找许先生。许先生对这些病人都用一种药，同时发给两只塑料桶。服药后，一只桶是盛了山泉水不停地喝，然后不停地在另一只桶里吐或者泻。病人上吐下泻得呼天抢地，或许就软瘫在床上奄奄一息，或许就眼睛发亮，脸上退了灰气。能渡过了第一关，软瘫在床上奄奄一息的再服一种药，眼睛发亮，脸上退了灰气的又再服另一种药，差不多十个疗程过后，该死的就死了，能活的就身轻体健。

县上一位交通局局长来治疗了三个疗程，头一疗程结束，还批了款要扩建进沟的路，第三个疗程没完，人却死了。局长的儿子认为许先生的泻药太猛，导致了父亲去世，愤愤不平，向县卫生局上告，说是茶棚沟人发财致富，集体草菅人命。还附了一张当年死在茶棚沟十二个病人的明细表。县卫生局曾九次来人调查，八次被病人和病人家属围住村子不让进。最后一次是进去了，经过十天详细查证，认为许先生医疗方案没有问题，药草没有问题，所有人家的客舍也没有问题。风波是过去了，茶棚沟又恢复了往常的景象。

又过了五年，村子前后已经绿树成林，林中百鸟鸣叫，春夏秋冬都有花开，许先生家大梁的灵芝也有了盆子大，而许先生自己却病了。他病得不轻，但医不自治，浑身疼痛不止，关关节节里犹如无数的虫蚁在咬噬。六月初三入伏那天，许先生晚上吃过饭，对人说：把灵芝摘下来吧。大家以为摘下灵芝要炮制药呀，许先生却叫唤起村长，村长赶了来，他交给村长一个瓷罐儿，说：罐子里有钱，村口应该搭个棚了，把灵芝就挂在棚里。到了半夜，三间老屋起了火，等人发现时火大得已不能救，整个屋顶塌了，四堵墙全部朝里倒下，许先生就死在了火里，埋在了墙土下。

许先生一死，带走了病痛，带走了委屈，带走了医术，也带走了茶棚沟人的一部分。茶棚沟不再有病人来，所有的客舍全废，没有了收入。村长从瓷罐里取出了一万元，这算他的积蓄，还有一个纸条，写着祖传的茶配方。

村口是新建了茶棚又开始卖茶，但过往的行人太少了，茶一直要卖到日落。这一天，村长在茶棚里看着日头渐渐落去，忽然醒悟：日落日还在天上啊！开始重新谋划起茶棚沟的未来。第二年冬季，茶棚沟联合县里一家制药厂就生产出了健字牌的"茶棚冲剂"，在市场上销售。

三十三

有两块石头，每块都三间房那么大，竟然垒着，这就使芒山成了秦岭中南段内的名山。

芒山南边壁立千仞，鸟都飞不上去，登顶只能走北边，路绕来绕去，如扔了一堆绳索。

　　这里原先归花庙乡，后来花庙乡分成桥楼乡和安家寨乡，以山为界。两乡曾经都争山，矛盾很大，最终县政府以从安家寨乡在山的北边可以登山顶，将山划为安家寨乡。安家寨乡发展旅游，扩修了盘山路，又收门票，又办农家客栈和饭馆，经济很好，而桥楼乡人自此不与安家寨乡人往来。安家寨乡人也就在山顶竖了提醒牌：游客不能到垒垒石南边去，如果失足了，要寻尸首，山南桥楼。

　　二〇〇〇年世纪之交，中秋那天，垒垒石突然晃动，上边的巨石就掉下来，然后从山顶朝南边的峡谷里滚去。那时正是中午，安家寨乡人刚刚在巨石上刻了"秦岭第一垒石"，一群游客正拍照，巨石晃动，还疑惑是看花了眼，但随之上面的巨石掉下来，整个山顶都在颤动，又以为地震了，便见巨石从崖头往南边的峡谷里滚去，似乎那巨石是甘愿地要滚，还快乐地不停翻跟斗，压坏了崖壁上的树木和壁上突出的岩石相击相撞，发出阵阵呼啸，然后土云尘雾就万朵花开般地从峡谷里升腾上来。安家寨乡的人差不多都哭了，认为巨石抛弃了他们，却也安慰自己：它是嫌高处冷，不想在山上待了。

　　巨石是最后滚落在了芒山南边的峡谷，峡谷里是楼溪，它把溪道堵了，水就一分为二从巨石两边流过。巨石在滚落过程中，碰撞得比原来略小，出奇的却有了棱角，四四方方的，像一块印石。桥楼乡人先称这巨石是印石，后以印又转音为运，称作了运石，便到处宣传桥楼乡的楼溪里有巨大的运石，见之便来好运。于是，游客不再去安家寨乡登芒山顶，到桥楼乡的楼溪来，楼溪岸上也就有了许多农家客栈和饭馆。

　　但不幸的是，两年后，运石又莫名其妙地在一个夜里发生巨响，分裂成了三块，一块大，两块小，裂缝不规则，有三尺多宽。愁云有阵，苦月无光。运石不囫囵，失去美意和观赏，溪岸上的农家客栈和饭馆随之关闭。

　　没有了利益争端，桥楼乡人和安家寨乡人和好如初。而分裂成三块的巨石躺在芒山南边峡谷的楼溪里，安安静静，两边山根的藤萝爬上去，一个夏天就全然覆盖了。巨石前聚了一个小水潭，像一只白眼，日夜都在望天。

三十四

亮马河源出于太白湫，长二百七十里。相传古代的魑魅魍魉魃魈魖聚居在此，兴风作浪。兴起风，风能把整片树林子摧折，路人得搂巨石伏在地上，稍不小心，会如树叶一样被吹落沟涧。作浪了，浪头一丈多高就到人家来，拍门而入，退则屋中全部物件一并吸走。土地神奏明太上老君，太上老君降下七块石头镇压。这七块石头便是现在的双耳山、焦山、东隆山、茅山、凉山、苦泉山、两塌子山。这些山都是赭红色，被认为妖魔鬼怪的血液所浸。它们的骨骸破碎，分散在山谷，田地里就有料浆石。这些料浆石每次耕犁都捡出许多，而年年复年年，总难捡尽，以至于所有地头上能看到料浆石成堆。

方圆百十里内高寒瘠贫，本不适宜人居住，但每座山上仍有村寨。生命改变不了环境，就改变自己，这山上的人便都黑瘦，腰长腿短，颌骨大，能吃辣椒酱菜，差不多还会巫术，巫术驱动着他们对天对地对命运认同和遵循了，活得安静。

山上只能种些谷子、黄豆、苞谷和土豆，以土豆为主产。山民们常年伴着辣椒酱菜喝糊糊，硬食就是蒸土豆。吃的时候，必须是一只手拿着土豆，一只手就在下边接掉下的渣子，接下的渣子再吃到嘴里。吃毕了用水漱口，咕咕噜噜半天，漱口水咽下，不敢浪费。土豆使他们不再饥饿，平安度过年馑了，各家的中堂上就摆上四颗一垒的大土豆，烧香磕头，感恩戴德。

出奇的是七座山上除了生长杂木外，漆树最多，卖漆是山里人唯一赚钱的门路。这些漆树长到胳膊粗了，他们就用刀在树身上刻 V 字形槽，让漆汁往出渗流。这种槽一年一刻，从下往上，一层一层，多少年的千刀万剐，漆树没有了一块完整的皮。他们不心疼，在说着：让它排毒吧。却并不理会自己为何就托生在了这里，而如此活着也正是另一种排毒。

哪座山上的村子是大是小，哪座山上的寨里又有着什么样的人家，七座山的人大概都知道。因为山与山一直在婚姻交织，祖祖辈辈下来，亲戚套着亲戚，差不多都成了亲戚。有相当的人家，儿子和媳妇，媳妇和堂兄，辈分就混了，这都不管，以原先的关系，各称呼各的。他们的寿命一般在六十岁左右，四十岁后就要为自己拱墓和制作棺材，当然特别注重每一年的生日。生日那天，亲戚们来不拿别的贺礼都挑担着粮食，有粮了吃得多，吃得多了活得长，拿粮食来添寿。写礼单的人就手在本子上写上某某一升苞谷一升小米一升黄豆五十斤土豆，嘴里却高声叫喊：一担苞谷一担小米一升黄豆五百斤土豆啊，外甥祝舅舅万寿无疆！

这里却出了很多阴歌师。阴歌是在人死后三天三夜的守灵时唱的歌，因为时间长，肚子里得有文词，又懂得音韵，嗓子要好，就有了专门唱阴歌的师傅。七座山上的阴歌师遍布秦岭中西段数个县的乡镇。别的地方的阴歌师大多唱开天辟地三皇五帝以来的史诗，千篇一律，而七座山上的阴歌师却能见景生情，随意编排，句句押韵。这一年就有阴歌师在亮马河源头太白湫的一个村子唱，唱道："人活一世有什么好，说一声死了不死了，亲戚朋友都不知道。亲戚朋友知道了，亡人正过奈何桥。奈何桥三尺宽来万丈高，中间有着泡泡，两边抹了椒油膏，小风吹来摇摇摆，大风来了摆摆摇。有福的亡人过得去，无福的亡人掉下桥。"唱得极其悲凉，满屋里的守灵人都痛哭流涕。

三十五

秦岭有古道十二条，往西南的延真道，一百二十里内有河没水，却有七处瀑布。马尾瀑，落差十米，感觉有巨马正遁崖而去，只看到马尾。双石瀑，落差二十米，下有两块大白石，水溅如万千珍珠。雪瀑，落差三十米，分三阶，水如滚雪。练瀑，水从一平石梁上而下，落差七米，有白练当空飘舞之状。通天柱瀑，水束为桶粗，落差四十米，从下往上望去，疑是通天长柱。金丝瀑，在山的高处，正面向东，水从半崖石缝漫出，宽约十米，落差二十米，下有瓮形的镡，发出嗡声，能传三里。雾瀑，在一峡谷口，水一跌出便被风吹散，化作雾，行人能感到脸湿，用手接，却什么都没有。

延真道西边的山常年驻雪，以为是死山，偶尔瀑布涌出，说明它活着。而瀑布落下来，无论聚了潭或可能流动一里两里，又全渗入沙石之下，归寂了。延真道七十里处，有一崖形如钟，钟是响的，声闻于天，但这钟在这儿坐着，坐得安稳平静。崖头梢林藤萝蕨草苔藓笼罩，过风不响，鸟也无鸣。再往前去，有一面青色峡壁上刻了筐篮大两个字：等侯。不知何年何月所刻，刻字人是谁。人为走虫，远行者称脚客，凡经过此处多解读是延真谷以前有大水，后来成为暗流，这里在等候着河再次出现。但有一人，装束像是山里人，长相又不像是山里人，他仰头看了，说：是等侯，但侯是官职。等侯在此，提醒着延真谷水和钟崖，受命神的周密安排而沉着。

三十六

洵河出于荆子山草甸，往东南流，沿途接纳了一百零三条峪水。其中第八十三峪口险峻，每到夕阳晚照，崖体似烧，称为红崖。崖脚下有一斜镡，时常往外冒烟，凿开来里边的水沸滚如汤。

这是一九八六年的事，红崖村在崖下的河滩挖了一个大坑，把汤水引进去，供村人洗澡。红崖村人世世代代没有洗过热水澡，一旦洗了，洗上瘾，便修饰汤坑，专人看管，规定了：单日男爷们洗，双日妇女们洗。

汤水洗过的身子皮肤细腻，头发光亮。郎中说汤里有硫黄，洗着可以治疗风湿、牛皮癣、疥疮、白癜风。消息一传十，十传百，一百零三条沟峪里的病人纷沓而至，洵河的红崖峪口河滩上像是逢了集市。

自此，红崖村人有了商业意识，本村的男女停止洗澡，外来的病人收取门票。而要疗效好，宣传是至少得泡洗三个疗程，一个疗程三日至五日，每日早中晚三次。崖根处也就有了几排简易房，能住宿，能吃饭，能买东西，一条毛巾比镇街的多了五毛，一包纸比镇街的多了一元。有人就嚷嚷：这纸是擦屁股用的，也这么贵？回答说：是贵了些，不用买，你用石头蛋。

村里每户出一个人，几十人就在这里卖票、收票、开房、做饭、打扫卫生、进货和销售。汤坑每日的票钱都塞进上面有个缝的木箱里，木箱上有四把锁子。村支书、村长、会计、出纳下午来，清点数目，给各家各户分发。拿着凳子坐在坑边的看管，数钱的时候，指头蘸着唾沫数了一遍，再数一遍，泡洗的人就说：咿呀，这钱真好赚！看管说：我整天面对的是臭屁股啊！

原先的汤坑已经太少了，陆续再挖了三个，还是供不应求。后来把三个池子挖通，扩张成十米宽二十米长的大汤池。汤池北沿几乎快到河滩中间，在那里壅起了沙梁，以防洵河水倒灌。但洵河水还是倒灌了三次。村人又下气力疏通洵河主槽道，槽道降低，泡洗过的汤水便顺利下泄到洵河里。

时间长达两年三年月了，这里的设施依然简陋。当地镇政府的领导也来过一次，建议一是这汤水要有名分，得竖一个牌子：红崖康疗汤泉；二是一定要有一个单独汤坑。后来是竖起了牌子，也挖了一个汤坑，坑上没有遮盖，却用帆布围了一圈，专供镇政府领导和镇政府领导带来的人使用。一般人要用，价钱要多三倍。但来治病的人没人去单坑，都在大汤池里。如果病人太多，就男女共泡洗，男的靠池北边，女的靠池南边，每人发一把伞，用伞遮住自己。

红崖村有个放牛的孩子，是哑巴，每天把牛赶上洵河北岸的坡上了，就坐到一棵树下看对面崖下汤泉里的人在泡洗。他看到了那些男人，觉得都是些长辈，把左眼闭起来，看到了那些女人，觉得自己是流氓呀，就把右眼闭起来。却在想：咋就有这么多病人呀？病人脱了衣服咋就这么丑陋呀？这汤水真能洗好病吗？那病人洗好了，不是把病洗在汤水里吗？洗过的汤水又流到洵河，洵河不是也就肮脏了吗？这孩子每天坐在树下都想这样的问题，他哇哇哇地要给树上的鸟诉说，鸟站在枝头上往下拉屎，一粒屎落在他的头上。隆起的树根上时不时爬过一种褐色的甲虫，他又给它诉说，甲虫竟然放了屁，非常臭，他用石子去砸，砸破了不流血。他的脑子慢慢就坏了，痴痴呆呆，天上打雷，开始下雨，常常忘了把牛从坡上赶回。

那个夏天，十分炎热，洵河水越来越浅，孩子偶尔发现河面上绽开了一朵很大的牡丹。那不是牡丹，是河中有了暗泉，在往出冒。这种现象在河水大的时候不易察觉，而河水浅，倒让孩子看到了。孩子就认为那是在洗河。他一认为是洗河，就又整天盼着这样的洗河能多些，能再多些。果然不久，汤泉下约两里的河道中有了无数这样的洗河，每个洗河都开如一朵牡丹，河面上花开一片。

孩子太兴奋了，想着这是他企盼的结果，不管了牛，从北岸涉水过来，给刚刚到汤泉的村长说话。但他哇哇哇说不清楚，双手比画，指着河面的牡丹花，村长仍是明白不了他的意思，就说：你是要洗吗？孩子摇头摆手，还脱了衫子，在表示他没病，他不到汤泉洗的。村长就讨厌了，对着看管说：让他洗吧，他脑子有病，或许就洗好了。

三十七

阴阳山西南一带，人有食昆虫的习惯，于是出了许多名小吃，比如汉溪川的酱蝎子，武家沟的烧蝉虫，齐洞坪的烤蚂蚱，耙耙谷的炒蚕蛹，老爷营岔的炸肉芽。老爷营岔炸的肉芽其实是蛆芽：上好的五花肉割成条块吊挂起来，让其生出蛆芽了，在肉下放一盒面粉，蛆芽掉下来沾上面粉成面疙瘩，把面疙瘩下锅油炸。这种小食品味道香脆鲜美，营养又极其丰富。老爷营岔是个大村，三六九日逢集，集上十多家摊位上都在卖。买的人多是当地人，端一碟子就立在摊前吃，吃得有咯吱声，嘴角往下流油。还有包装成袋销往外地的，只是嫌蛆字不好听，包装袋上才写了：油炸肉芽。

油炸肉芽做得最好的是老爷营岔信家，做了几十年，生意很大，每年杀十头猪，专门有三间小木屋吊挂五花肉。菜籽油也蓄存了五大瓮。

这一日天气炎热，老信在所有面盆里用笊篱筛捞蛆芽，仅筛捞出七八斤，不够一次油炸，便搬出竹床，泼了水，躺上去抱了竹媳妇歇觉。老信小时候患过麻痹病，右腿比左腿细了一半，走路不方便。做起生意后，跟他相好的女人多，他都认为这是冲着他家产来的，他对她们也好，花些小钱，啥事都干了，就是不肯结婚。竹媳妇是用竹皮子编的人形的篓，睡觉搂着凉快，而且愿意叫它是谁就是谁。现在老信搂了竹媳妇，说着：芝，把腿蜷了，脊背给我。不一会儿就睡着了。睡着了觉得自己又在小木屋里看着肉生蛆芽，那蛆芽白白净净，咕咕涌涌，下雨似的往面粉盆里掉。心想今日蛆芽这么多呀，便发现肉在生蛆芽，蛆芽子竟然也在生蛆芽，而且一个蛆芽生出三个蛆芽，三个蛆芽又生出九个蛆芽，九个蛆芽再……面盆里的蛆芽就满满当当起来。他纳闷，蛆芽说：你不是想着蛆芽多吗？他还是不解，问：那得用肉生呀。蛆芽反问：我们不是肉了吗？他就突然感到脖子上有什么在蠕动，手一抹，掉下了蛆芽，脖子上腐烂了，又掉下个蛆芽。便慌张地说：我是在梦里吧，梦里的事不真的。他就醒了，果真刚才的事是梦境。但就在他从竹床上爬起来，去小木屋的盆子里添加面粉，所有面盆里全是蛆芽。那天他再次把蛆芽筛捞了油炸，一共是三十二斤。疑惑不已，却不敢声张。

以后的经历，老信凡是睡觉不做梦，或是做梦没有梦到蛆芽，醒来面盆里的蛆芽不多，而梦见了蛆芽，醒来便见面盆里的蛆芽溢了出来。如此半年，老信害怕了，不再做油炸肉芽的生意。

老爷营岔没有了信家字号的油炸肉芽，老爷营岔的名小吃逐渐没落，别的人家虽然还在做，当地人也吃，但再销售不了外地。人们到底不知道老信洗手不干的原因，看着他娶了村西头的李寡妇，第二年就生了个儿子，儿子腿好好的，没有麻痹。

三十八

年佰是大黄坪的木匠，擅长盖房，五十岁后带着三个徒弟多在他乡揽活。这一年到二百里外的蒲峪，蒲峪是十里八里了两边的山就要合拢又未合拢似的形成个石门。如此十五道石门，石门山上都有一座佛庙，或道观或清真寺或天主教堂。盖房的走到哪儿都是看房，师徒四人在每一个石门山上看了，莫不惊叹那戗顶斗拱鸱吻阑额设计得高明，那套卯榫榫雕木刻砖做工精致。但这些都是古建筑，豪华奢侈，他们不敢妄想，也做不来，还是去附近村寨里浏览民居。

蒲峪里有茅屋，有窑洞，更多的是歇山式的瓦房，三间的四间的，石头垒的台基很高，黏土捶打的墙又厚，房顶却小，前后两面坡，一条正脊，四条垂脊，苫着瓦或木板。进得房内，柱、枋、梁、檩、柁、椽，正常结构，中间是庭堂，两边是卧屋。卧屋上加有隔层，树枝编的笆笆铺了，抹上泥，称作泥楼。泥楼上堆放着笸篮、席筒、草帘、麻袋、棉花套子一类杂物，泥楼下吊着腊肉、鸡蛋笼，一嘟噜柿瓜子，柿子随软随摘了吃。炕都大，连着灶台，做饭的烟气进入炕中，通过炕中过道从墙边烟囱冒出。屋门都是老榆木做的，厚实笨拙。后墙上没有窗，前墙的三个窗也小，却都是刻了花的菱格。而屋门上方，檩条之下，竟然还有一窗，高约五寸，

74

宽到一丈，格子里塞着稻草把。年佰就觉得奇怪，为什么那里还安装窗子，如果是为了房内光明通风，却怎么又用稻草把塞得严严实实？

在峪里走乡串村十多天，年佰和徒弟并未揽到要盖房的活儿。一天，灰沓沓经过阳关洼村，村里狗咬得凶，他们才从篱笆上拔出木棍，有人闻讯跑来问能不能做棺。做棺也是木匠活儿么，能盖房还不能做棺？他们就住进了那户人家。做棺讲究油心柏木，材料八大块的为好，而这人家的是松木，还是十六块。主人说：木材上比不过人，咱比做工呀！你们做好了就是宣传，村里要做棺的人多啦！阳关洼村确实是个大村，谁都会死，死了要有棺，师徒四人做工精心，一丝不苟，每日村里都有人跑来观看，说做得好啊，又预约了三家。

棺做到第五天，知道了村里有个老人病了三年，睡倒了两个月，已经汤水不进十八天了，糊涂着，就是不咽气。村人的观念里，生可以难生，死一定要好死，像这老人，说活着和死了一样，说死了又还活着，那就是前世孽障重，遭受大罪。有邻居可怜他，去佛庙里为他祈祷，他不走，去道观里讨了黑线绳系在他指头上，他还是不走。就又请了一些教徒来，坐在炕前，对着老人说：听着，我们说一句你跟着说一句，耶稣救我！老人在炕上说：我救老天。教徒立即呵斥：胡说！耶稣救我！老人倒在炕上，是昏迷了。可昏迷了三天三夜，喉咙里仍是拉风箱似的响，就是不死。又过了一天，喉咙里没了响动，鼻孔的气息如丝，这回该到时候了吧，村里人能去的都去送老人，年佰师徒四人也相跟去了。老人在炕上萎缩着，失了人形，邻居一会儿用手在鼻前试试，一会儿用手在鼻前试试，游丝还有。旁边有人说：是不是阴间路上小鬼多，他没有买路钱？邻居说：在庙里烧过纸了呀。旁边人突然醒悟了什么，扭头往大门上方看去，惊呼道：哎呀，咋还堵着天窗，那无常进不来，他魂出不去嘛！众人回头也都看天窗，哦哦地叫着，忙找梯子，老人家却没有梯子，就拿了三根竹竿，一直捅天窗格子里的稻草把。稻草把被全部捅掉了，老人随之吭昂一响，像是从整个腹腔发出来的，脚一蹬，头歪到枕头下断了气，脸色骤然黑暗。

自此，年佰知道了大门之上檩条之下的长窗叫天窗，天窗是神鬼通道，更是人的灵魂出口。再为他人盖房，无论是歇山式的、硬山式的、悬山式的，一定一定都要有天窗。

三十九

伐子河从玉山出来，往东行十里和沙沟河合流，这地方叫两岔口。周围坡梁上的耕地少，又高寒不能种麦子、棉花，但植被好，栲树檞树橡树栗树成林。

一开春，有人家就砍栲树，锯成棒了，架在棚里开始生木耳。这木耳大得像蝴蝶，总担心它要飞，棚门上迟早都挂了锁。四月底采檞叶，檞叶包粽子清香，那就采很多很多，清洗干净，濡服在檐下的箔子上等待着端午节了去卖。八月里橡子和栗子都成熟了，人们就来了精神，势翻着睡不着。橡子磨了面能做凉粉，虽然苦涩，多调些辣椒和醋，也能吃得头上冒汗。但橡子落在树下得及时去捡，否则山鼠会叼走，一只山鼠往往要把几十斤橡子储藏在洞穴里。而栗子不知道它几时炸壳，一炸壳，叭的一下，栗子弹射出去，远的可以到四五丈外。栗子弹射是想把种子四下扩散，可它值钱呀，每当雨后的夜里人们听到炮仗似的响声，天亮还是从㘭㘭坎坎的草窝里石头缝里把它们收回来，一颗不留。收完了栗子，就准备着打猎了，因为柿子红了，果子狸要出来，苞谷穗子长得像牛犄角一样了，野猪也出来。逮果子狸不费事，只要它上了柿树，人拿个网子守在树下，它一下来便能网住。野猪力气大，但还是笨，有猎枪的打一枪没打死，它会顺着子弹扑过来，就再一枪，肯定打死了。若没有猎枪，挖陷阱，陷阱里插上竹尖，上面伪装了，让它自己掉进去。果子狸肉鲜嫩，可以和萝卜一块炖，野猪肉有些腥，盐腌烟熏，做各种腊味品。当然，最自夸的是河边石缝裂隙里有无数的洞孔，流出的水甘甜，用来酿苞谷酒。沿河岸的村子里多有茅草房，那都是小酒坊。

河从两岔口向东再流八十里，拐一个弯，弯北是麻焦山，岗前一面坡，弯南一簇左盼右顾的乱峰。有名的蝎子镇就在河北坡上。蝎子镇一直出产煤，也是出产煤才有了蝎子镇。这十多年间煤业兴旺，除了县城蝎子镇是最热闹的地方。成千上万的人在这里挖煤，挖出的煤在镇子外堆得到处都是，一辆接一辆的运煤车从街上驶过，煤渣乱撒，烟尘飞扬，天是黑的，地是黑的，屋顶、树上是黑的，就有说镇街上的人尿尿都是黑的。但什么叫点石成金，煤就是点石成金呀，蝎子镇一下子富起来，外来的人越来越多，商场、饭店、酒楼、歌舞厅、洗脚房、台球馆到处都是。镇街原本在半坡，不断扩张，房屋就一部分顺坡而上建到了坡顶，一部分就顺坡而下建到了河边。河边用石条和木桩栽在河岸的岩石上，上面盖了一排小木楼，又是开张了新的饭店和酒馆。

每个清早，河面上的雾气才散，从两岔口来的木排漂流了一夜，差不多都到了。木排上的人全戴着竹帽，扎着裹腿，有的还披了蓑衣。他们带着瓮装的苞谷酒，整捆的槲叶，用葛条拴着的一吊一吊的腊肉、腊肠，以及木耳和做好的橡子凉粉。已经不用高声讨价还价了，小木楼这边招呼：来喽？木排上回应：来喽！各有各的关系，山货土特产便送到各个饭店酒馆。待到太阳出来，河面上一片红，镇街的集市开始，这些人大多的就去那里卖眼看新鲜，或者买衣帽鞋袜，买缝被褥的棉花，买孩子用的笔和作业本。少几个的人则提了留下的一罐苞谷酒、几包野猪肉干，到张记糖炒栗子铺来，高声叫喊：老板，老板！

张记糖炒栗子铺的老板就是两岔口人。他的铺面也在河边，并不是最好的位置，但他在铺屋后多支了五块木板，购买了四五副钓竿，供人垂钓，一个小时二十元，生意还不错。来人认老板是两岔口最能行的人，一口一个这铺面是两岔口的接待站呀、办事处呀，把他奖起。老板也得意，拿出一盒奶油蛋糕做下酒菜。奶油蛋糕是稀罕物，机器做的，城镇人过生日吃的东西，大家都觉得体面。于是，来的人打听镇街的事，老板询问两岔口的事，闹闹哄哄了半晌，奶油蛋糕吃完了，一罐子苞谷酒也喝光，都醉了，再把吃的喝的吐出来。

后来，镇街上经常看到一些穿着西服，拿着蛋糕饼干面包，喝高了趴卧在商场外台阶上的醉汉，就被人认出来是两岔口的。因为两岔口人总想把自己打扮成镇街人，但他们的西服是廉价的，袖口上的商标没有撕。翻开西服，果然里边是脏兮兮的破褂子，裤带仍是破布条拧成的绳子，就说：去喊张记糖炒栗子铺老板吧，让他背人！老板来把人背回铺里，醉汉还不清醒，趔趄在铺屋门外的钓鱼架上往河里尿，问道：我是不是也尿黑水啦？

多少个日子里，两岔口人除了张记糖炒栗子铺的老板外，还没有第二个常住镇街的，但他们已经十分满足了，认为能出入镇街，就最光荣和幸福。他们真心地盼望蝎子镇发展了再大发展，繁华了再大繁华，镇街是煮了肉的大锅，他们就啃块骨头，喝口腥汤。

但是，到二〇一六年，国家整治环境污染，关闭了一批储量分散、设施陈旧的煤窑，蝎子镇就在其中。蝎子镇没了煤窑，釜底抽薪，一切都凉了。非常快地，没见了轰鸣的机器，不来了运载车，人纷纷外流，商场酒馆饭店一个接一个关门。到后来，河边的小木楼也拆除了，而上游来的木排，苞谷酒、腊肉没人收购，槲叶木耳凉粉推销不出去，两岔口的人在岸头哭鼻子流眼泪。木排就再不来了。张记糖炒栗子铺虽然还在，顾客很少了，仅靠垂钓的收入维持。

一日，没有来垂钓的，老板自己去钓，一整晌只钓上一条，挂在了铺屋的后门门上。想着这条鱼又小又瘦，该是从两岔口游下来的吧，那两岔口现在是什么样呢，还在用栳树棒生木耳？还是起早贪黑捡橡子？栗子收成怎样？槲叶采了多少？猎到了多少果子狸和野猪？烧成了多少苞谷酒？

这些都如何才能变为钱呀，没钱这日子如何过得！心情郁闷，坐在那里吃烟，却听到有声音说：我要回去。老板回头看看，铺里铺外没有人，就问：谁？你要回哪儿去？又是声音：哪儿来回哪儿去。老板还觉得好笑，牛肉罐头从牛那儿来的能回去成牛，人是从娘肚里来的能回去个胎儿，猛地觉得是鱼在说话。鱼怎么会说话呢？惊慌失措，把鱼从后门闩上取下来扔进河里，河面上是无数闪耀的金星星，一下子全没有了。

四十

河北有个民办教师到河南的镇街上办事，返回时河水涨了，他脱了衣服顶在头上，没料在河中打了个趔趄，衣服掉下来被水冲走。没了衣服就是羞耻。教师从北岸出水，不敢进村，蹲在草丛里，等着天黑。天老是不黑，一群鹅，也就五只，摇摇摆摆从不远处的浅水滩过来。教师认得是村里王家养的鹅，鹅吃饱了该回家呀。教师就猫身过去，说：让我和你们一块走。鹅没有鸹他，甚至前边三只后边两只还围了他，曲颈伸缩，遮挡了他的下体。

人和鹅就这样慢慢往村里走，教师警惕四下观望，就说：你们怎么没人领着就去河边觅食呢，觅了食偏这时回村，啊其实没有你们了，我会用一把草挡住，或者用河里的泥在身上涂抹出一条裤子的。鹅呆头呆脑的，便发出叫声：鹅，鹅，鹅。教师把腰直起来，再说：这也是身上的器官，脸可以露出来，这却要用衣服遮掩？谁没有呢，不遮掩就是流氓，就有强奸犯嫌疑吗？鹅群乱了一下，但很快再是前面三只后面两只，发出响声：鹅，鹅，鹅。教师又说：被人看见就看见吧，他们看见了认为是羞耻就羞耻吧，我不看他们看我，我也就不羞耻么。鹅又在发出响声：鹅，鹅，鹅。教师有些生气：哎，我给你们说话哩，你们就只会叫自己名字！鹅还是：鹅，鹅，鹅。教师拿手拍打鹅头，前面的三只鹅便加快了步伐，后面的两只鹅紧跟上，人和鹅就进了村子。村里有人背着高高的一篓谷秆过来，鹅群立即集中在教师身前，又迅速移过来靠近了教师的右侧。背谷秆人看了一眼，说：你也养鹅了？教师胡乱应了一声，那人也再没话，匆匆走过去了。教师继续说：嘿嘿，他不是没有看出我赤裸着吗？眼睛是容易哄的。鹅仍然一阵鹅鹅鹅，恢复了队列，前面三只，后面两只。到了巷中，在自家门口了，鹅群停下来，等教师进了屋，竟一字形排开，摇摇摆摆往前走去。

教师在屋里穿好了另一套衣服，神情自若了，周周正正走出来，要感谢一下鹅群。鹅群已经走到了巷道那头，还鹅鹅鹅地叫，叫声有些散乱，像是在笑着。教师想着鹅通人性，可惜不会人的语言，给它们说什么它们只是鹅鹅鹅。突然觉悟，鹅鹅鹅不就是我我我吗，鹅是在说鹅，鹅是在说我，我是鹅，鹅也是我？

四十一

少阳山一带雾气最大。雾一来，啥都看不清楚，当地人叫作封山。雾散了，又叫作开山。山全是乱山，其中的路绕来绕去像绳索，似乎是这些绳索才把乱山归拢了一起。世上有美丽富饶的成语，但往往有地方美丽不富饶，有地方富饶不美丽。而这里是既不美丽也不富饶：没有峻峰湫池，没有可伐之木，地属于红黏土，天旱时硬得锨难插进，一有雨水泡成稀糊汤，石头窝里梢树林中长荒了的多是些蕙，牧放牛羊，牛羊也不吃。

就是这种蕙，十年前，葫芦岔一青年发现少阳山的烂草在县城被稀罕成兰花，开始采掘了去卖，竟赚得许多钱，穿上了皮鞋。村里人先还嘲笑他穿皮鞋，是前世由牛变的而脚还没变过来，后来都跟着青年做兰花的生意。三年五载，少阳山的兰花声名大震，供不应求，葫芦岔的人家全成富户。青年的眼界越来越开阔，有了新思维：山上的兰花再多也有采掘完的时候，何不保护兰花，吸引外边的人到少阳山旅游观赏？但少阳山太大，不好经管，便打造葫芦岔，除了保存、培育岔里原有的兰花，将少阳山上别的品种的兰花也移栽过来，这就有了素心兰园、蝶兰园、麒麟兰园、黑皮兰园、银边兰园、荷瓣兰园、剑兰园、叶蓉兰园、金丝马尾兰园。到处都是兰花，小的一束一握，大的开枝散叶能有竹筐大，路随花转，一步一景。岔口就建了高大的牌楼，上面写"少阳山兰花岔"，卖起门票。游人接踵而来，流连忘返，村里同时红火了十几处"农家乐"，卖吃卖喝，连带着把蕨菜、大蒜、黄豆酱、红薯、土豆也都卖出去了。

青年永远记着那个夜晚，又是雾来封山，院子里抬脚动步都是棉絮起舞，一群人都在堂屋里喝酒。这是一支十多人的地质勘探队，大胡子队长就住在他家。勘探队已经在村里待过了半年，半年里他们在葫芦岔周围的坡上、沟底、崖畔、河滩打钻了好多井，采集了好多土样。村里人都盼望着能勘探出石油、煤炭、天然气或者钼矿、镍矿，那么，葫芦岔就有好日子过了。现在，勘探队要撤呀，队员们都到队长的住处来喝酒相庆，差不多就喝高了。青年敬重着这些人，殷勤地给他们端菜点烟，然后坐在蒲团上和队长说话。

葫芦岔勘探完了？

整个少阳山一带都勘探过了。

是有了油有了煤有了天然气？

没有。

没有？那不是白勘探了，你们还庆贺？

对于我们，探明有矿藏和没有矿藏都是胜利呀。

但青年是失望了，情绪完全表现在脸上，脸很难看。队长说：别这样呀，小伙子，世上的事都是平衡和公平的，这里没有矿藏或许有着别的好东西么。青年说：还能有啥，满山的石头和烂草，有贫穷？队长搂住青年的肩头摇晃着，末了，送给了一支手电筒、一只水壶。

虽然勘探队没有在这一带勘探出什么，但毕竟队长半年来就住在他家，青年与队长有了感情，队长要离开，他依依不舍，执意要送去县城。在县城里，青年和队长从照相馆照了相出来，两人在街上走，青年看到好多人家的门口或楼台上都盆栽着蕙，而且又小又瘦。他说：县城人怎么栽这烂草？队长说：你们叫蕙草，人家叫兰花。这兰花比你们那的差吧？他说：是差，差远了。还伸出大拇指和小拇指，在小拇指上呸了一口。队长就笑起来，说：那你可以把你们的采掘了来卖呀。

十年后的兰花成了绿色黄金，葫芦岔里更是热闹去处，青年曾经到县城打问勘探队，勘探队早已回省城了，他再没见过队长。当少阳山兰花岔里又建起了游客接待站，站的大厅里要安置个神位，各行各业都有神的，比如烧窑的敬老子，酿酒的敬杜康，做茶的敬陆羽，青年就把大胡子队长的照片挂上了。

四十二

鸡头坝是个山坳，地少又薄，两个月不下雨，即是凶岁，人就饭吃不饱肚子，酒喝不够脸红，二十世纪七十年代，新上任的村主任带领全村老少修梯田。

梯田修了十年，十年里都是年馑。开石没有炸药，用柴草把石头烧红，再浇水激开。红黏土太硬，从河沟里挑淤泥，改良土质。各户人家除了锅、菜刀和门上的锁，别的铁东西都搜腾来打成了钎子、撬杠、镢头和锨。所有的柳树每年被砍拔，做抬棍，编笼筐。鸡叫头遍没有人睡过觉，天明起来也顾不上洗脸，人忙得像是被狼撵着，这狼就是村长。他四十多岁，老得如同七十，脚手变了形，一歇下来便让人拿了木板子在脊背上拍，越拍要越重，脊背才松活了，不再酸痛。出大力，又没有好饭食，尤其二八月里青黄不接，杨柳叶子、榆树皮、蕨根，能吃的都蒸了煮了往嘴里塞。上工时腰里还别了一个小布袋和门上的老式钥匙，小布袋里装的是软柿子拌稻皮子晾干磨成的炒面，吃了屙不下，屙时用老式钥匙掏。劳累饥饿过度，在抬石头时伤残了腿脚有四人，一头栽下去就死了的有两人。在垒堰时伤了两人，死亡一人。在沟底挖泥，伤了一人，死亡一人。赶着牛去犁坡顶上新修的地，人和牛从坡上一同滚下来，死了一头牛，也死了一个人。这牛杀了分肉，肉太少人太多，村长决定一大锅煮了，每人可以连汤带肉盛半碗。但肉还没有煮烂就分着吃，有人就一块肉卡在喉咙，吐不出咽不下，当时就憋死了。这人不是在劳动中死的，是吃死的，后来的村奋斗史上没有提他。而那张牛皮蒙了鼓，就架在了村委会办公室的屋顶上，屋顶上还插了一面红旗。每到刮风下雨，旗欢得噗噗地响，鼓也时不时自鸣。

县广播站来了记者，采访村长，问：你怎么想着这样修梯田？村长说：向山要地，向地要粮么。记者再问：你觉得能改变山坳的贫穷？村长说：我们一定会富裕！记者又问：你想象一下，富裕了你们会是怎样的生活？村长说：想喝酒了，就往够里喝。顿顿肉臊子拌捞面，吃三碗，辣子油汪汪的，再加一疙瘩蒜。

山坳四周的坡梁终于都修成了梯田，一圈一圈，层层递进，真的是梯阶啊，一直往天上去。坡梁下的田里引了泉水，种小麦、种水稻、种苞谷、种高粱。半坡梁的田里土质薄，种荞麦、种谷子、种红薯和黄豆、绿豆、豌豆、扁豆。坡梁顶上干旱，种上蓖麻，种上南瓜，栽上柿树和枣树，柿子、枣子都可以当粮食吃。地多了，又逢着雨水厚，三年五年，村子是真的富起来，家家有粮，也就养猪养羊养鸡，饭菜里有了腥味，而且开始用苞谷高粱烧起酒了。

但是，村里人差不多都患上了胃病。一吃饱肚子就疼，一吃硬的东西，如锅盔、甑糕、肉馅饺子、米饭、韭菜饼子，就克化不过，吐酸水，胀得睡不下。有些人中午吃些苞谷糁里煮面片，早上只能是小米稀汤，晚上是麦面糊糊。有些人晚上压根不敢吃。村长就气得骂：瞧呀瞧呀，这都是些啥命呀！还怎么到共产主义？被骂的人倒是笑着，因为现在一顿吃得少吃得稀或者不吃，与以前吃了上顿不知下顿吃什么是两码事，而柜里有的是粮食，这心里不慌啊！就说：鸡头坝鸡头坝，咱是鸡么，站在麦堆上了也是刨着吃么。

县上评"农业学大寨"先进村，鸡头坝被评上了，通知村长去县城表彰大会上领奖状。村长临走时到梯田里又转了转，正是八月中秋节前三天，坡梁顶上的枣子红了，他说：好好品品甜。摘了一把吃起来。吃过了两颗，吐出了枣核，枣核两头尖。吃第三颗，陪同的人拍打他肩上的土，说：咋没换身新衣服？没想这一拍打，枣核却咽了肚。陪同人忙让抠喉咙往出吐，没吐出来，他说：没事，肚里还长棵枣树不成！就独自上路了。

去县城五十里，村长走到三十里处的沟道里突然肚子疼，疼得厉害，又想屙，就抠下裤子蹴在一块巨石后。后来有人猜，村长肚子疼是咽进的那颗枣核横着下行，两头的尖锥剖破了肠子。他越是用力，剖破的伤口越大，血流出来，人随之昏迷，远近没有行人，连一只鸟都没飞。

村长是失血过多而死亡的，第二天被人发现抬回了鸡头坝，埋葬在了坡梁顶上的田里。现在坟墓还在，站在村口了，一抬头就能看见。

四十三

清凉山上的树多，属正通之材的如碧桐、红椿、桦和松，在沟底坡畔，出土便顺利成长，一般能有几丈高，在民居里做梁做柱做檩椽。长在山巅或崖缝中的鸡骨、花梨、黄柏、铁檀，全都低矮，曲枝偏节，多瘤多疤，剖开又多鬼脸，宜于做雕件，往往束之高阁，传之久远。而介乎两者之间的，亦正亦邪，既高大又珍贵的，就是红豆杉。

清凉山的红豆杉极其有名，颜色赭红，如同凝血，敲之有石声，香味又浓，多用于佛寺道观，民间也珍贵着用来做陪嫁的箱子、屉柜、插屏，书房的笔架、砚盒。正是稀罕，虽然政府明文规定了要保护，但一直有盗伐，屡禁不止，甚至发生过前有树被砍了，后又有把树根也挖走。集体林子里的红豆杉越来越少了，山上的人家住得分散，偶尔自家院前屋后有那么两棵三棵，就全用砖砌墙围起来。

半坡是个小村，村口有棵红豆杉古树，桶粗，三丈多高。作为村的标志，没有用砖墙包围，又怕被盗，村人在树上刻了四个字：盗我者死。但三年后，还是被盗了。

盗树的是山下庄头村一个姓章的。姓章的转手卖给齐家岔村的一个姓柴的。齐家岔村有狗，抬树进村，狗就咬了姓章的腿。姓柴的夫妻俩第二天再用手扶拖拉机将树运往县城倒卖给一个姓封的。返回时手扶拖拉机在路上侧翻，妻子摔死在沟底的石头窝里。姓封的把树藏在后院，被邻居举报，公安局来人带走了树也带走了姓封的。姓封的爹又惊又气，当时心脏病发作，没救过来。公安局顺藤摸瓜，寻到了姓柴的，又寻到了姓章的，姓章的因狂犬病已去世了。

这棵树返还给了半坡村，它已经不是树，是一根木头。这木头从此被视为神木。清凉山上的红豆杉再没有遭过盗伐。半坡村的人夜里都睡得很沉。

四十四

函石峪里的栾街是镇政府的所在地，镇长每到东街就发现一个跛子老是看他的脚。一次，在东街遇到栾街村长，两人说起话，跛子又蹴在不远处死眼看着他的脚。镇长招了一下手，跛子过来，镇长问：你咋老看我的脚哩？跛子说：你那破鞋得补的。镇长是穿了一双旧鞋，后跟已磨得一边厚一边薄，但他不愿意人说破鞋，就说：你是鞋匠？跛子说：我阿伯是。镇长笑了一下，不再理跛子。跛子却看到镇长的裤子夹进了沟壑里，是一条缝，用手轻轻拉了拉。镇长觉得难堪，说：你干啥？跛子吓了一跳，知道镇长生气了，却用指头一划，把裤子再划成一条缝。镇长踢了他一脚，村长就把跛子轰走，骂道：不会说话就闭上嘴，不会来事就待到一边去！

有人把这事说给了阿伯，阿伯没吭声。阿伯有三个儿子都当了兵，一个在陆军，一个在空军，一个在海军，街上人把阿伯叫兵种。当陆军的儿子复员后在县上当了个局长，让爹住到县城他家去，阿伯不愿意，还在街上开他的修鞋铺子。阿伯把跛子喊来，并不指责跛子傻，说：你给我揽生意了？跛子说：我盼满街人鞋都烂啊。阿伯拍拍跛子头，说：憨娃呀，阿伯给你说，话少金贵，无事了不生非。

跛子记着阿伯的话，出了门就袖了手，街上有人吵架，他不再去围观。村长在指挥着各个门面房里的人清理街道上的垃圾，大声吆喝，满头是汗，他看见了村长后脖子上趴着个虱子，让虱子咬去，他也不说。

但跛子常去阿伯的修鞋铺子，阿伯一叫他，他大声应着，干些重活，跑个小脚路。旁人说跛子是兵种的答应：你好好伺候你阿伯呀，局长会罩你的。局长回栾街了几次，真的认跛子是四弟，跛子就戴上了一顶旧军帽。

后来，秦岭里修另一条铁路，经过函石峪，县上为了配合铁路工作，成立了支援铁路建设办公室，负责处理沿途人家房屋拆迁土地占用事宜，主任是局长的一个同学。铁路修到了栾街，工地上建了个物资场库，需要雇用个看护，村长给镇长推荐了跛子，镇长再给工地总管介绍，跛子换上了一套工装，就成了场库的守门员。跛子也坐得住，每日除了招呼进货的取货的外，只待在门房里，吃烟喝茶啃啃指甲。

阿伯去看望跛子，跛子在门房里坐着，敲了几下窗子，没反应，推门进去，倒把跛子惊得一怔。阿伯说：你对着墙发啥瓷的？跛子说：阿伯，人是假的。阿伯说：你脑子想啥哩！跛子说：你看墙上是不是有那么多的人样？墙是泥皮墙，雨漏过几次，斑驳不堪。阿伯看了，是能看出有无数的黑的白的色块和乱七八糟的线条，里边似乎像有着人的样子。跛子说：人就是色块和线条组合的么，说它有就有，说没有也就没有了。阿伯在门房里坐了一会儿，给跛子说西街的某某死了，他过会儿去吊唁呀，问跛子是否也随个礼，就说：昨天还来铺子里修鞋的，今早就心梗死了，我现今都觉得不真实，像做梦一样。跛子说：我说人是假的么。阿伯感叹：今天和昨天一个样，人说没了就没了，唉，世事是真的，这人活得还真是假呀。

第二天，一辆卡车拉来了钢筋，卸货时，跛子跑去指挥着倒车，不断地喊：倒，倒，倒。车到了一个土坑边，还在喊着倒，车后轮掉到坑里，猛地一颠，车上的钢筋哗啦滑出来，一下子把跛子戳倒了，顿时浑身是血，昏迷不醒。跛子被紧急送去了县医院，经检查，肾脏坏了。消息传回栾街，人都说：换肾是大手术，跛子哪有钱，这下丢命了。阿伯就去了县城。跛子是工伤，支铁办出钱为跛子换了肾。

住院了三个月，跛子回来了，场库已有了守门员，还安排着他去，两人一块值班。但身体恢复了的跛子和以前完全是两样了，抱怨特别多，骂钱势利，越有钱的钱像树叶子一样风一吹就要聚堆，越没钱的挣一分钱比吃屎还难。骂那些工长、监理长得都丑，怎么就都成了中层干部？骂采购员肯定会贪污的。他骂个不停，还必须要另一个守门员听，另一个守门员说：你累不累，我去吃饭呀。他们是轮流回家去吃饭，另一个守门员吃饭回来了他也去吃饭，他都要在衣服口袋里装上水泥。他每天回去不是在口袋里装些水泥，就是揣在怀里几个扒钉。一次回去时没拿东西，反身又来抓了一把小螺丝帽，另一个守门员说：你一天不占些便宜就是吃亏啦？再是，没事干了，不抱怨说话了，他就不再是啃啃指甲而是拔胡子。他拔胡子不用镜子，用手在嘴唇上、下巴上摸着摸着就猛地拔下一根。

回家吃饭的时候，跛子到修鞋铺去，阿伯问：都好吧？跛子说：不好。

阿伯问咋啦不好，跛子说他想换换岗位，拆迁工作好，让阿伯给村长说说，再让村长给镇长说说。阿伯一听就躁了：你也不尿泡尿照照自己，雇用了你去挑肥拣瘦？跛子不听阿伯的话了，他自己去找村长。村长把他骂了一顿。他再去找镇长，镇长说：我没权力给你换。跛子说：你给工地总管建议么。镇长说：我脑子进水啦？跛子又去找工地总管，总管笑着说：你说说，你凭啥能调去拆迁组？跛子说：我是因公受过伤的，照顾也应该照顾着去干拆迁。总管还是笑，说：哦，我知道了，你回去吧。跛子以为总管同意了，回到场库等消息。可等了三天没人通知他，他又一次去找总管。总管不理他。他继续找了三次，总管都不理他，视他是一块石头，是风吹过来的一片树叶子。跛子以复查病请假去了县城，找到了局长，局长听了他的叙说，说：都给你换了肾了，不能再说了。跛子说：就是换了肾，主任认你哩。你一句话的事，他们就办了么。你不愿跑路，你写个信，我去找主任。局长说：我不写信，你回去吧。跛子说：我是你四弟哩，我给你磕头。双膝就跪下来，局长生了气，说：你咋是这号人？你走！跛子被推了出去。跛子在县城待了三天，白天里去局长单位，单位的门卫不让进，也不让在门口站，要站站到三米之外。晚上去局长家敲院门，局长从门上的猫眼中看着是他，就是不开门。跛子在院外的巷道里守着，巷道里有狗，他拾了个石头砸狗，狗叫得汪汪汪，他只说局长听到狗叫会出来看的，局长还是不出来。第三天晚上他去敲门的时候，用手捂了门上的猫眼，假着嗓子喊：邮递员，送邮件！连喊了三下，门开了个缝，局长见是他，门砰地关了。

等跛子从县城回到了栾街，他已经不是场库的守门员，被辞退了。跛子一跛一跛地在街道上晃荡，没人理他，他咕咕囔囔着这地不平，还是没人理他。

阿伯八十岁生日那天，局长从县城里回来，工地总管、镇长、村长也来祝寿。酒席上，几个人说起了跛子，都摇头，想不通他咋变得从让人同情到让人讨厌再到谁见了就害怕呢？阿伯说：是不是换了肾的原因？大家哦哦着，恍然大悟，说：这可怜的。

四十五

空空山是山腰上有很多洞，这些洞使山都成了空的。三个洞在空空山的阳坡，一个洞在空空山的阴坡。阳坡的三个洞里有蝙蝠，蝙蝠飞出来飞进去像黑风，山下村子里的人就进洞扫蝙蝠屎，卖给县城的中药铺。数年间，确实是许多人赚了钱，盖房的盖房，娶妻的娶妻，但也有三人摔断过胳膊腿，一个腰脊椎骨折，终年躺在木板床上，床中间掏一个窟窿，供拉屎拉尿。空空山阴坡那个洞，洞口掩在杂木乱草中，早晚往出冒云雾，似乎里边住着妖魔鬼怪，一直没人敢进去。

村里有姓张的兄弟俩，家贫都没有结婚，只养了一条狗，据说冬天了被褥薄，狗也睡在炕上，一边是兄一边是弟，相互取暖。突然这个春季，狗一只腿跛了，而他们常洗脸，穿起了胶鞋，还穿起了前边有拉链的裤子，虽然觉得一边倒地穿容易使裤子磨损，就两天拉链在前，过两天在后边。说话也口满了，嚷嚷着要从县城买沙发呀，买收音机呀，甚至托人给他们物色媳妇。村人纳闷这是咋回事？问这兄弟俩，兄弟俩就是不说，狗汪汪地叫，好像狗知道原因，可狗话人听不懂。

这是一九八八年的事。

那年的雪下得早，下得也大，覆盖了整个空空山，还狂风呼啸，屋檐下冰挂如刀子，杀气很重。兄弟俩在屋里窝了三天，一个说那咱走，一个说走，酒碗摔在地上，他们去了空空山阴坡的那个洞，而风雪随之掩埋了足迹。洞口很小，进入十米，到头了，面前出现的竟是一个深井。井有多深，不知道，井里是有毒蛇还是没有氧气，都不知道，手电筒照过去，井壁湿滑，还长着篦篦芽草和苔藓，没有蝙蝠飞出来。兄弟俩有些害怕，把狗扔了下去。如果狗无声无息，就不再下井，但一会儿沉沉地传来了狗叫声，他们便把两盘绳的各一头拴在洞口的树上，各一头系在身上，要下一块下，两人慢慢往下吊。井底里的狗折了一条腿，井底里竟然有水晶。这些水晶最大的有盆子大，小的也碗大、拳头大，晶体透明。从此，每晚去挖，挖回来藏起来，十天半月了用麻袋背到县城去卖。三个月后，他们在井底再往下挖的时候，挖了三个晚上连拳头大的水晶都没有挖到，准备着不再挖了，左边的井壁突然塌下来，将他们埋了。但埋得不厚，为兄的先从土石中拱出来，在裤裆里一摸，裤裆里的东西还在，再揉揉眼，眼睛能睁开，就喊起弟：你活着没？当弟的也从土石中拱出来了，他连头带脚都活着，便看见了塌过的井壁处露出一块大水晶。这水晶是两个头，每个头都一搂粗，连成一体，像是个元宝样，估约两千斤重。兄弟俩从来没见过，甚至在县城都没听说过有这么大的水晶，都惊糊涂了，你拧我的脸，我戳你一拳，知道了这不是做梦。他们在第二天悄悄去了县城，寻问这水晶价格，凡是问到的人都不相信有这么大的水晶，如果真有，那就是水晶王，应该值八百万元到一千二百万元。兄弟俩一路笑着回来，却无法把水晶王弄出井，只好公开了秘密。每人发五元钱，全村人都来帮忙，在井口架了辘轳，并用三条绳索往上拉，整整折腾了一天，把水晶王吊了出来并抬回了家。

空空山阴坡洞里有水晶，村里人都去洞里挖，才发现姓张的兄弟俩在水晶王吊出来后，当晚用炸药把那个深井炸塌了。

兄弟俩有了水晶王，吃饭时端了碗就到门前的场子上，场子上吃饭的人多，有的说：咋还是苞谷糁糊煮红薯？他们说：早上县城里的王老板来了，是带了一只鸡，糟糕得很，送鸡也不杀了送。便指着自家的房子，你看见房顶上在放光吗？那人说没有，他看到的是房上空正飞过一只猫头鹰，却在问：水晶王出手了？他们不与那人说话了，这是嫉妒么，水晶王是还没人能够买得起，但馍不吃在笼里放着呀！他们觉得好笑，就又哈哈地大笑。

极度的悲伤和极度的快乐都对心脏不好，在那几个月里，兄弟俩时常就感到头晕和心口疼。接着，时不时便紧张，出一身的汗，总怀疑有人会来偷盗或抢夺。当他们轮流着，一个去县城寻买家的时候，另一个就坐在窗前，眼盯着门前的土场子，只要有人出现，就放出狗去咬，自己拿了刀和棍，严阵以待。而去县城的，也警惕周边的人，看谁都不对，看谁都有谋财害命的企图，宁可饿着肚子，不去吃饭店的面条，不去喝摊棚里的茶水。他们已经不经管地里的庄稼了，也不再上山挖草药，砍栲木育木耳、香菇，就在家里守着水晶王。日子又艰难起来，没有了米面，没有了油和盐，上顿吃蒸红薯，下顿吃蒸红薯，吃得胃里吐酸水。兄弟俩一个说：咱有八百万的！一个说：就是，一千二百万的！就筹划着水晶王卖了，一定要盖新房，盖两院新房，当兄的住东边院，当弟的住西边院。他们要买四石小两瓮菜籽油，四筐子盐。一人分一半。吃肉喝酒呀，肉是卤猪头、酱肘子，酒不要散打的，买瓶装的。吃捞面的时候就坐在门口，吃一碗，晾一碗，吃得满嘴唇的油辣子，头上要出汗。当然，他们就说到了娶媳妇生娃的事，弟说：你把姓杨的寡妇娶了。兄说：她眼睛小得像指甲掐的，我不要。弟说：李老三的女儿脸白，她和魏家的儿子相好，把她撬过来。兄说：脸是白，但屁股小，咱要能生娃哩。要找就找刘家那个翠翠。弟说：我已经托人去提说了。兄说：哦，她是好妇女。

过了几天，弟从外边回来质问兄：你也托人给翠翠提亲了？兄说：翠翠说她喜欢我。弟说：不行，翠翠是我的！兄说：大麦先熟还是小麦先熟？兄弟俩不和起来，恶声败气了半个月。到了十六日早晨，兄刚醒来，看见弟已下了炕，立在尿桶边没有尿，在叫着翠翠的名字手动着哩。兄就骂：不准你叫翠翠！弟说：我愿意叫谁就叫谁！兄气得牙成了骨头，从炕上扑下来，兄弟俩就大打出手。门缝里往里刮戗面子风，拖着一条腿的狗咬着他们的裤腿，将两人拉开。

兄开了门，蹴到门前碌碡上吃烟，烟锅子使劲在碌碡上敲，烟锅杆子

91

就断了。弟在屋里说：不过啦，过不成了，各过各的！拿了锯子便锯水晶王，一时锯不断，又取锤子敲，他只说水晶王是两个水晶头连在一起的，可以敲开，没想敲了几下没敲开，一用劲，两个水晶头是分开了，但都有了裂缝，各自碎为四块。弟知道闯下祸了，从后窗子跳出去跑了。

弟再没有回来。村里人仍然在空空山阳坡洞里扫蝙蝠屎，张家当兄的也在其中，他没有娶到翠翠，但他胆子大，能爬到洞里最陡的地方去，他扫到的蝙蝠屎比别人多。大约有六年吧，村里有人到甘峪镇为人盖房，看到镇街上有个乞丐，像是张家的弟，又不像是张家的弟，疯疯癫癫，在给一伙追撵他的孩子说：水晶是水做的，水一泼到地上就烂了。

四十六

麻姑山上青冈树多，野生猕猴桃藤蔓纠缠在青冈树上了，树倒看不到，形成个大篷，一个大篷一个大篷，满坡就像坐了无数的茅屋。山顶上有麻姑庙，供奉的神披着层层叠叠的彩衣，极尽华丽，彩衣里裹着的其实也就是个石像。据说在麻姑庙里求子最灵验，每年九月六日到十三日的庙会，婚后不能生育的男男女女，数百人的，都要去山上，住七天。

这七天，麻姑山上热闹，那是会神，也是会众。庙内烧香的，点烛的，持着鲜花和香包走来走去口里念念有词的，人头攒动。庙外的场子上，崄畔上，稍平的地方，布撑的帐子，柴草搭的棚子，全住了人。所有野生猕猴桃藤蔓篷也都晾了被单或花衣，宣告着已有人在此。白日黑晚，天空上风追云聚，诡异翻腾，变态万千，树林子里，鸟相悦对语，树交花生香。整个山上弥漫的气息中，有烟味、脂粉味、草味、水果味、酒味、汗味、方便面味，还有了一种腥味。

庙会过后，差不多的女香客真的就怀孕了。

麻姑山六十里外的丁沙村，据说有五个孩子都是在麻姑庙求子的结果。村里人大多身高不足一米六，而这五个孩子在六岁上个头就超过他们爹。但他们和他们的父母没有去还愿过。

四十七

进紫荆峪经木塔寨、连塘镇、花子坪，来云石门关，到二马山。二马山是一低一高两个山头，分作前马山和后马山。前马山上有一座刘家宅子。宅前竖了牌坊，宅后建有戏楼，宅子南北三递院，厅堂厢房，亭榭阁台，所有建筑都是红墙绿瓦，隆脊翘檐，雕梁画栋，壮观得使整个前马山都在放光。

宅子的主人叫刘广美，名字有些女气，其实是个胖子，人没到肚子先到，裤腰比裤腿长。刘广美四十岁的时候，已经是巨富，二马山下的河湾有上千亩土地，生意也做大，仅在山外省城里就有布庄、茶店、盐行、中药铺子和酒楼。因为父母习惯了山里的环境气候吃食，不肯进城，大老婆又得伺候父母，也是衣锦还乡，荣宗耀祖，一九四五年的冬天，他带着十八匹骡子驮着金银财宝回到了前马山要造一处宅子。

二马山上多红黏土，他所定制的是来云石门关窑烧的大青砖。从山下往山上运大青砖太费劲，他雇了一百头山羊，每头山羊身上捆两块，一天山羊上下山四次，运送了三个月。大梁、柱子、檩木是砍伐了后马山上的红松，每棵全是两人合抱粗，四丈五长，无论八抬十六抬的纽子都无法抬动，就在后马山修整出一道坡槽，雪天里泼水结冰，用绳索从冰道上拉下来。开地基拉木料死过三人，刘广美认为大工程都是有奠的，给了死者家里丰厚的抚恤。他聘请的都是紫荆峪方圆三十里的能工巧匠。负责和泥的人，每堆泥里一定得按比例有绵纸浆，有糯米汤。负责磨砖棱的，一天只许磨出三块。那个石牌坊建起来，仅辣面吃去了两斗。所有的房子在地基四角埋上十补药丸，柱顶石下安放石龟石蛙。为父母盖的庭房，四面墙上各嵌一块金砖。大老婆的卧屋，地上铺的墙上砌的，又全是蓝田玉片。三年六个月，宅子落成，宴请了一百零八桌，有省城的参议，有商会的会长，县党部县政府县保安队都来了人，还有七乡八村的乡绅、地主、财东、学校的董事和校长。县长送了匾，上面写着"积厚流光"，就悬挂在正堂上。

刘广美在二马山住了一周，返回了省城里。宅子里住着父母和大老婆以及二十个长工。日子肯定是油掺面的日子。父亲酷爱花草，常领人去后马山挖来杜鹃、山丹、蕙兰、蔷薇、菊花、蒿梅、野生牡丹，宅子的前后左右地里百花盛开，蝶纷蜂乱。一日上山挖山芍，采得了一筐蘑菇，回来要吃鲜，没料老两口中毒身亡。刘广美奔丧回来，第二次住在宅子里，住过了二老"三七"后才走。那时已经是一九四八年的春上，省城里风声鹤唳，城里有从前线撤回的散兵游勇，有强盗和饥民，时不时抢劫杀人。刘广美就被人盯上了，一个夜里盐行遭到血洗，他和小老婆那夜在盐行里结账，一个被刀砍死，一个被绳子勒死。

紫荆峪解放后，二马山的刘家宅子被收没，成了乡政府办公所。刘广美的大老婆自然而然是地主分子，居住在村里一间牛棚里，每日同贫下中农一块下地劳动。六十岁时，人头发全白，牙掉了一半，又有肺气肿，派去养蚕。一苲一苲的蚕吃饱了桑叶开始吐丝，丝却把自己裹起来形成茧。她干的活是把茧用温水浸泡了，再把每个茧剪开取出蚕蛹。那些年里逢着饥荒，蚕蛹是最好的东西，但别人剪出蛹了偷偷在口袋藏一把，拿回家炒着吃，甚或在剪时就往嘴里塞一颗两颗生嚼，她不敢。她是从没吃过炒蚕蛹。到了一九六四年，她跌了一跤，卧炕两个月人就死了。临死前，她老是做梦刘广美在叫她，叫她去督促长工把捆了砖的山羊往山上赶，叫她去厨房里看浇灌墙缝的糯米汤熬好了没有。还梦到她变成蛀虫了，钻进了桃子里，钻进了地瓜里，钻进了蒸馍里。这些梦在昏迷醒过来时，她没有说，旁边人问：你醒啦，想吃些啥？她突然说：我想吃炒蚕蛹。旁人去生产队的库房里给她申请了十八颗蚕蛹，用铁勺在灶膛里炒了，拿来她已经张不开口。给嘴里喂了一颗，而她断了气，没有咽下去。

前二马山的刘家宅子七十年了，没有一块木头腐烂，没有一处砖墙裂缝，啥都好好的，现在县上把它定为文化旅游的景点。游客们来了，进了那牌坊，只看见宅门楼顶上的蔷薇就惊叹不已。那是刘广美当年栽的，藤蔓已覆盖了院墙，爬上了宅门楼顶，绚白的粉红的繁花盛开，像云一样溢出来。他们说：啊，多好的花！这花是刘家宅子的，但我们都看见它的美丽，闻到了它的清香，这花就是我们的。

后来，有人在游客留言簿上写了一句：谁非过客，花是主人。

四十八

月河东岸的草花沟一直偏僻，但从沟垴到沟口十三个村寨，人们相互都认识。若突然少了一个人，一个萝卜一个坑，就显得空旷。要是突然多起一个人了，被窝里塞进一条腿又感到拥挤。二〇〇〇年的那个夏末，数天里，每个村寨都曾出现过一个戴竹帽的人，两条腿似乎不齐整，踩路上也一脚深一脚浅，而太阳火辣辣照着，竹帽筛下的光点使他的脸像长满了大白麻子。村寨的人疑惑这来的是谁。说是游客吧，他提着一根竹竿，拿着一只碗。说是乞丐，却穿着干净的白衣白裤。这人经过村寨，狗就咬，他没有举竹竿打狗，嘴吹了竹竿的一头，声音混沌低沉，狗就乖卧了，这是在吹箫，可哪见过箫这么长？这时候天上常常会有鹊，鹊飞过了无痕迹，也有花就在附近开放，能闻到香气，或者是一阵子白雨，哗哗哗地落下来，又极快地过去了，不淋湿衣服。他陌生，形状奇怪，人们并没有反感，竟莫名其妙地觉得亲近，便拿了馒头、柿饼，还有烤熟的苞谷棒子给他，他不吃，最多要了碗水喝。他喝水喉耳骨不动，水直接灌下去了，就直着眼睛看遇到的每一个人，每一棵树，甚至看过来的猪和牛，远处场畔上正打滚的毛驴。然后，盯住自己的影子，若有所思。村寨的人就说：你是在寻找什么吗？他却什么也不肯说的，提上竹竿，拿着碗，去了另一个村寨。

十天后，这个人走出了草花沟，在月河上过桥去西岸。河面很宽，桥是十几根独木接连起来的，又窄又长，他用竹竿敲打着，走到桥中间了低头看，水往下流，桥往上行，叫了声哎呀，人就跌下去。人在河里很快就被剥去了衣服，而且不再让看到天，他漂浮了十五里，赤裸裸的，身子一直趴伏在水皮上。

草花沟十三个村寨的人半年里还忘不了那个陌生人，眼前常回闪他一身的白衣白裤吹竹竿的样子。想不通他怎么就出现在草花沟呢，他肯定是在寻找，可寻找什么呢：前世和来生？婚姻和爱情？青春和希望？还是丢了魂，要寻找魂的。他不是七老八老的，年轻轻的，说死就死了，或许他受到了什么委屈和伤害，郁郁寡欢，在过桥时眩晕而失了足落水。或许河水如镜，他在河水里猛地看见了自己，才哎呀一声，故意跌下去自杀。

第二年春上，草花沟里开始生长竹子，草花沟从来都没有长过竹子呀，这竹子越长越多，形成了一片一片竹林。半夜风过，竹林里有一种声响，混沌低沉，像是在诉说什么，又听不出诉说了什么，老往睡梦里人的骨头里钻。

四十九

村子多是不安，村口就安置石狮。秦岭里从来没有过狮子，凿石狮的匠人连狮子也没见过，他们代代相传凿出来的，已不是动物，是一种符，说是与神沟通着了，鬼都怕的。

宋家有个孩子，生下来脸皮枯皱，头发眉毛都是白的，而且腿极短，左右脚趾各只有四根。他爹说：这是老头啊？丢进尿桶。村里习惯生下怪胎了或想要男婴却又生个女婴，随手就丢进放在炕边的尿桶里溺死。他娘就哭，老鼠生下来还长胡子哩，没事，他长长就会好的。扑下炕又捞出来。这孩子便一直叫捞娃。捞娃六岁的时候，头发眉毛还是白的，而眼睛是牛眼，几乎占了头的三分之一，头又是身子的三分之一，模样倒像村口蹲着的石狮。娘就带捞娃认石狮是干爹。捞娃长到瓮高便不再长了，皮肤越来越白，白得像纸，眼睛老是羞着，不敢见太阳。于是，没有去五里外的学校读书，在家里，上山也放不了牛，砍不了柴。父母去地里劳动，他在院子里洗萝卜，刮土豆皮，从一簸箕的豆子里往出拣坏豆子，然后坐在捶布石上发呆，把捶布石都坐热坐软了。等父母回来了，他说：娘被蜂蜇了？他娘确实在锄草时被蜂蜇了头，头发里那个包还没下去。她惊讶地看着他，他又说：爹你脚上的伤不能见水哩。爹说：你咋知道的？他脑里有画面，是娘被蜂蜇过，用鼻涕涂抹了那个包，是爹从脚趾上拔扎上的荆棘，血流了出来，他是看到了画面说的。但他不晓得那是画面，也说不清脑子里怎么就有这些画面，他没有回答爹。

这年冬天的一个夜里，山下村子里放映电影，爹背了他去，他知道了什么是电影，从此脑子里整天都在演电影。电影里有村子的每一个人，这些人是张三李四在垒墙、挖地，腰酸背痛了就歇下来吃烟，说驴怎么打滚解乏，说女人是解药也是毒药。是赵家的儿媳和婆婆言语不合又吵架了，儿媳要寻绳死呀，要寻井死呀，被隔壁的人拉住，劝告孝顺不一定是管待老人吃喝，还要喜孝，喜孝就是好脸色好言语。是一伙人在喝苞谷酒，不用盅子喝用碗喝，喝高了，你戳我一拳，我踢你一脚，最后翻了脸，手里拿了刀和棍，被人拉开，还仄棱仰板地往一块扑。是几个老婆子老汉子蹴在墙根，黏稠的阳光照在身上，整晌地互不说话，又自言自语。他是想看到村里村外，包括每一条巷每一户人家，就能过一遍电影全看到了。他

97

先还觉得好玩，后来看多了就头疼，便睁着眼不敢闭。夜里睡觉少了。人越发瘦，皮肤白得发亮，像是身子里有了灯。

愈不去看，偏就看了，不思量，怎能不胡思乱想？他知道了后墙根的石头缝里一条蛇在蜕皮，那是件漂亮的花衣服，脱下来就不要了。知道了后沟里正走过三只狼，狼低着头，扫帚尾巴拖在地上，但狼喘气的时候，脸上笑笑的。知道了门前的柿树上那颗最大的柿子里钻进了虫子，虫子在咬噬着，柿子却红起来，柿皮慢慢变薄，一碰就要破了。知道了檐前飞过一只蜻蜓，其实是两只蜻蜓，一只蜻蜓背上趴着另一只蜻蜓。知道了屋左边的地塄上，一棵醋珠珠草开花了，醋珠珠草的叶子仅仅筷头大，花更小得像锥尖，但它还是在开。知道了山顶上庙里的钟在响，村里的狗在吠，而捶布石下的蛐蛐也在叫，还有旱蜗牛声、湿湿虫声、蚯蚓声。知道了那个小姑娘在打麦场上踢鸡毛毽子，踢累了，就在麦草垛里睡着了，她的梦是五彩颜色。

他甚至知道了十天后将有水灾，他说给爹，让爹加固院墙，爹不听。果然十天后真的下雨了，沟里起洪水，冲垮了几十亩地，后山滑坡，一片子树林子也没了，而自家的院墙被水泡倒，压住了母猪，母猪流产。村人在下湾修坝淤地，他说要死人呀，结果在山开石头时，一颗石子，也只是指头蛋大的小石子飞起来，偏偏砸中了一个人的脑门，那人就死了。爹不再让他说话，尤其不让给家里人之外的人说话。世上的事情不能想得太多，想多了都会成病，不能知道得太多，知道得多了就成了祸。

他是有了病，头疼得更严重，腰也没了劲，走路像踩在棉花上。便再不出门，也不多说话，嘴除了出气就是吃。他突然地喜欢了吃墙土，门窗下的墙，灶台的墙，差不多都被抠得凹凸不平，嘴里老是泥浆。想不通自己怎么就觉得墙土吃着香呢，庄稼吃土长哩，人也能吃土活？仰头看天，天是什么呢？就是刮风下雨，云来雾去，那怎么有了太阳，又有了月亮？这日子一天一天过去了，树落叶子在树下堆那么厚的，过去的日子堆在哪儿呢？村里老人一茬一茬在死，人死如果真是如灯灭，啥也没有了，为什么还能想到他们，他们常出现在梦里呢？

你病又犯了？爹看着他的样子，脸上的表情是生气、痛苦和无奈。他往往是冷丁一下，然后后悔，自己恨自己，拿手打脸。

那个下午，他努力地控制着不再去想，但雨一直在下。他看着雨地里的树，杨树、柳树、榆树、苦楝子树、皂角树，他想做棵树多好。

二〇〇〇年世纪之交，捞娃三十三岁，村口的石狮风化得厉害，没有了眉眼，捞娃是病倒了，下不了炕，整日整夜眼睛睁着。爹娘还得劳动，每天早上出门时在炕上放些吃的，放一碗水，当然也放一疙瘩抠下来的墙土，傍晚才能回来。如此半个月，这一天收工回来，却见儿子赤条条躺在炕上，身上长满了草和苔藓，近去看了，那不是草和苔藓，是白亮的皮肤上所有的血管都暴露了，而人已经死了。

五十

黄石乡的芒崖是个落后村，各项工作都搞不前去，乡政府派干事王子约去兼任村长。王子约干了三个月，心力交瘁，想提拔个副村长来协助他，但不知道谁能胜任，便一边重新调整责任田，一边暗中考查一个叫任春来的人。村里梁兴旺的责任田里有棵核桃树，当年分田时仅是个小树苗，谁也不在意，二十年后树成碗粗，年年结核桃。把梁兴旺的地和任春来的地做了调换，两家为核桃树起了纠纷。核桃成熟了，梁兴旺去摘，任春来拦住，一个说：树是我家的，为啥不能摘？一个说：树在我家地里了就是我家的，你就摘不成。两人找王子约，王子约让每家摘一年。任春来就摘了当年的核桃。第二年梁兴旺摘核桃，核桃结得繁，任春来给梁兴旺说核桃树有大年小年的，应该给他一麻袋核桃，补补去年的亏。梁兴旺当然不肯，两人吵起来又去找王子约。王子约说：今年的事不说啦，明年以后，摘下的核桃过秤，一分为二。晚上，任春来拿了斧头去把核桃树砍了。砍了核桃树了，两家都安生了。王子约觉得任春来争强用狠，不再考虑任用的事。

王子约开始物色李天顺、冯二牙、刘锁子，还故意放出风，将来村民投票选副村长，就在这三人中选一个。从此芒崖不安宁了，黑天白日总有人在一块喊喊啾啾。李天顺家在村里开了个小卖铺，以前铺门上贴了告示：小本买卖，概不赊账。现在有人去买一斤盐就送一包方便面，接着好多人都去了，不买盐也能得到一包方便面。村里各家各户几乎都白拿了一包方便面，人就说：李天顺，你人好，到时候投票给你投！刘锁子的小儿子过周岁，刘锁子杀了一头猪，把全村人都请了去吃席。席上的蒸碗是拳芽条子肉、萝卜红烧肉和酒糟子甜肉，吃的人嘴角流油，说：这一片肉能抵三包方便面么！冯二牙就告状李天顺、刘锁子贿选。接着李天顺又告冯二牙三年前偷砍过集体林中的一棵桦树，解板做了桌子。刘锁子再告李天顺的小卖铺卖过假农药。后来就更乱了，冯二牙和李天顺告刘锁子盖新房时多占了两分庄基地，刘锁子和冯二牙告李天顺还骗过低保，李天顺和刘锁子告冯二牙伤风败俗，他堂弟去世后，与堂弟媳有一腿。状告得一团糟，王子约头都大了，说：真是烂村烂人！

村里总得有个副村长呀，王子约有意了薛为贵，才找薛为贵谈了两次话，唐老三就对王子约说：你是不是要提拔薛为贵呀，小心老鼠拉车拉到床底下去。村里姓薛的是大姓，姓唐的也是大姓，两个家族历来不和。不出三天，姓薛的一家的鸡吃了姓唐的一家地里的菜，两家一吵闹，两个家族全出了头，发生了一场群殴。王子约就没找薛为贵谈话，而且再不考虑了薛家和唐家。

伸出指头扳来扳去，王子约观察了一个冬天，认为一个叫汪中保的小伙可以。汪中保人精干，没有是非，平日在山上挖些当归，卖给县城的中药铺，日子过得还滋润。但汪中保不愿意当副村长，王子约说：咋不当，副村长每月还补贴两千元的，别人争破了头，你不当？汪中保说：我不稀罕那点钱，卖一次当归都万八千的。王子约说：年轻人要带领全村人致富才是，再说，当副村长也不影响你挖药么。汪中保说：要当也得结了婚再当。王子约一了解，汪中保是和李天顺的闺女谈恋爱了三年，而李天顺的闺女长得漂亮，对她示爱的人多，汪中保就迟迟没定下婚。王子约说：我是过来人，我问你，你心里有没有她？汪中保说：心里有她，我才坚持这三年的。王子约说：你还疑猜她？汪中保说：我个子矮，怕她不真心。王子约说：我帮你。如此这般地出了主意。王子约这样做一是教导着汪中保去考验李天顺的闺女，二是也考验汪中保有没有智慧，听不听他的指拨。汪中保就再去县城卖当归时带上了李天顺的闺女，并在县城给介绍认识了一个年轻的老板朋友。他让李天顺的闺女住在酒店了，安排那个老板朋友去勾引。那老板朋友一番甜言蜜语后要动手动脚，李天顺的闺女披头散发地跑出酒店来给汪中保哭诉，骂他交友不慎。汪中保嘿嘿着笑，说了原委，李天顺的闺女吃惊地说：你在考验我？你用这办法考验我！翻了脸，甩手而去。恋爱失败，汪中保真的不在村里待了，出山去城里打工。

王子约在芒崖待了三年五个月，始终没选中个副村长，而芒崖村人倒联名给乡政府去信，要求罢免王子约的村长，信里说：谁身上没有好的东西和坏的东西？而王子约老是引逗别人身上坏的东西出来，他也就是个坏人。

五十一

从丹泉寨往东二十里可以到戴帽山，从椅子坪往西也可以到戴帽山。戴帽山上有个老汉一百一十九岁，还目光亮堂，一口白牙，活成个神仙了。山上山下，包括丹泉寨的、椅子坪的人，有事没事了，到戴帽山啊，和神仙说话去。

神仙，你吃了没？都吃的啥呀，你身体能这么好！我六十岁后茶饭不赖呀，顿顿有腥的，也是人参汤、灵芝粉、阿胶膏、蜂王浆的，可还是瘦，你瞧瞧我这腿，除了骨头就是一把松皮么。

答：吃了，在戴帽山上就吃戴帽山上的么，两个蒸馍一碗白菜豆腐汤。啥事都有个基本，饭食的基本就是米和面，白菜和萝卜，这也就是主粮，人的生命靠主粮嘛。

神仙，往世上看，这做父母的谁不是全心全意待自己儿女好，要一就给二，要袄连裤子都脱了给，只要儿女还饿着，恨不得割自己身上肉给他们吃。可儿女对待父母呢，即便再孝顺的，手里有十个钱了，你让他们给父母，他们还是掂量着给三个呀还是四个呀。

答：嘿嘿，又抱怨儿女啦？你们儿女对待他们儿女比对待你们心重，你想没想，你们就曾经对待儿女比对待父母心重啊，你们的父母也是对待你们比对待他们父母心重啊，这都公平么。人辈辈都这样，就像走楼梯，眼往高处瞅，爱是向下移。

我有个作难事，问问你神仙。我现在有三个女儿，没有儿子，我想和媳妇离婚，这媳妇跟了我二十年，种责任田，从山上砍柴背到镇上去卖，一块从穷日子走过来，光景好过了说离婚，我觉得不忍，可没有儿子，我又怎么传宗接代呢？

答：你知道你父亲的名字吗，你肯定知道。你知道你爷爷的名字吗，你或许知道。你知道你爷的爷的名字吗？你就不知道了吧。你爷的爷的名字都不知道，你给谁传宗接代？

我被选为村长了，我很有压力，总担心把事办错。

答：没有私心错也错不到哪儿去。

神仙，我知道因果报应，报应有及时兑现的，有隔世兑现的。但是，我问你，比如一个人杀了人，被杀的人临死前说：你不得好死。杀人的人当然最后是判了死刑，枪子把脑袋打了个稀巴烂，而被杀的人不也没有好死吗？

答：你说的是前年椅子坪马王村发生的案件吗？你问的其实你也知道，我只给你再说一句：人身上都有一只狗的，狗没拴住就出来乱咬，拴住了便守家护院的。

神仙啊，我就看不惯我们村那个姓张的。我初中毕业，他小学毕业，我们的上辈都是皮影戏艺人，到我们这一辈，皮影戏是不演了，我们倒继承了刻皮影的手艺。我刻得比他好，还有四个人都比他刻得好，可是城文化馆有他亲戚，让他去办皮影展，他竟然就去了！他想干啥，要出名？要压住我们？办了展览就有人能买他的皮影啦？

答：瓮里窝着浆水菜，你舀一碗浆水喝了消消气。邻居的孩子长得丑，可人家的父母也得给孩子庆满月过生日呀。

神仙，人为什么就有食欲和性欲？

答：吃饭是辛苦事，你想想，得先种庄稼，庄稼熟了要收割，收割回来晒呀晾呀，推磨子，推碾子，要蒸要煮，好不容易做成饭了，还要咬嚼、吞咽、消化，再排泄。上天为了人能活下去，就给了人食欲，没有食欲谁肯去劳作？性欲也是一样呀。

神仙，我给磕个头。前天我给我爹去扫墓，发现墓对面的一座墓前安置了一对石狮子，这不是要镇我爹的墓吗？这三天我心里一直纠结，是不是也该在我爹的墓前安置一对石狮子，或者"泰山石敢当"？

答：你纠结就是你心里有了阴影，那你就去你爹墓前也安置对石狮吧。

神仙，坏事情来了，我看清了周围各种人的面目。

答：好事情来了，也同样能看清周围各种人的面目。

我父亲是六十岁患病去世的，我今年五十八了，总担心我也过不了六十岁的坎，夜里常常惊醒，就出一身的汗。神仙，你会不会也恐惧死呢？

答：树叶子几时落那是树决定的。叶子正绿着，硬拽扯着下来，叶子痛苦，而叶子不论是夏天或是冬天，它发黄变红就自然落，也是快乐地落。

神仙，神仙……

答：不要叫我神仙，我不是神仙，我只是活得老了些。

老，老子就是神仙么。

答：那老鼠呢？

五十二

褒斜古道有这样一段地方，山不连贯，各自直起直立，如插刀戟，形势陡然令人紧张。生在那里，就决定了你，山下的五马子镇历来便兴盛武风。民国时期五马子镇出了叫孙我在的人，长得腿短身长，坐着比站起来高，人戏谑是狗。十六岁拜了拳家张九条为师，白天在炭窑场上练阳功，晚上到荒废的墓穴里练阴功。初学了三年，褒斜道上哪儿都去过，行侠仗义。又学了三年，已经能使刀弄枪，能飞檐走壁，能投镖甩鞭，还会了轻功和缩骨术，却再不外出，只在镇上待着，三六九逢集市上露面，待人客客气气，脸上是笑，而每有屁放，人都听到的是嗡声。他是四十八岁上死的，死后四十年里，五马子镇上仍流传着他八宗英武。

一、他去看护瓜田，拿张席就睡在地头。他睡觉是架着二郎腿的，腿上似乎长了眼，瓜田一有响动，他就知道来的是野兽还是贼人。贼人偷了一颗他不理，又偷第二颗，便起来，却躬下腰假装系鞋带，警告着贼人赶快离开。没想贼人胆大妄为，瞧见他弯着腰，过来一手按他的头，一手扳了他的屁股往上揭。他没说话，仅一收劲，贼人的指头被沟子夹住，一时拔不出来，疼得吱哇叫唤。他再一放松，贼人倒在地上了，他说：别再来。贼人连滚带爬逃走了，甩着手，手指头已经没了皮。

二、天近黄昏，男人们都还在苞谷地里锄草，有狼进镇把张长久的小儿叼走了。张长久的媳妇一呐喊，左邻右舍妇女都去撵，狼跑到寺前照壁下，正碰着他从寺里烧香出来，人和狼都愣住。他说：是狗？他把狼叫作狗，是他要麻痹狼。狼果然就摇尾巴，把小儿放下来换口气。换了气还没把小儿再叼上，他就扑上去。狼也往起扑，两个前腿已经搭在他肩，他就势抓了狼的两个前腿朝上举。狼伸过嘴要咬他，他头一低，抵在了狼脖子下，推着狼往后退，狼像是被钉在了照壁上，气就出不来，一袋烟时间，狼扑哧扑哧拉了一股子稀屎，稀屎是白的，狼就死了。

三、那一年河里涨水，从上游冲下来的树木柴草、死猪烂狗、石头块，把镇前的桥三个桥洞堵住了两个，水越聚越多，桥随时都有塌垮的危险。去疏通树木柴草已不可能，必须用炸药包子去炸，但如何去炸，人们束手无策。他只脱了鞋，放在河边，拿了炸药包进了河。人都喊：腰里要拴绳！他说：把鞋看好。他竟然能在水皮上行走。走着走着，浪头过来，人看不见了，头也没有，两只手还露出来顶着炸药包。岸上的人一片惊呼，他却冒出来，好像一跳，又站在了水皮子上。桥洞下的树木柴草堆爆破后，河水畅通，但他的鞋被水冲走了。镇上表扬他，奖励他一双鞋，他穿上了，说：咦，我托生得不完全，怎么有着牛脚？

四、他家门口垒着两个碌碡，他每日早晨在碌碡上拍掌，拍时碌碡就发软，颤乎乎的，如同面团。七年过去，下边的碌碡还是碌碡，上边的碌碡不是圆的了，成为长方碇子。

五、那年头有土匪，一伙土匪就进了镇。镇是三排房子两条巷的，土匪从前巷的东头进来，他就在中间排的房顶上，跟着往西走。土匪有枪打他，他身上带了戳镖，却只揭瓦当武器。枪子从下往上打，他能躲开，瓦片从上往下砸，一砸一个准。土匪再从后巷由西往东来，他还在中间排的房顶上，跟着往东走。还是土匪从下往上打枪，他能躲开，从上往下砸瓦片，一砸一个准。三个土匪点了扫帚要烧房子，他甩出了三支戳镖，三个土匪同时死在了街上。这一股土匪没抢走一升粮食、一件衣裳、一只鸡，反倒伤了十二人，丢下三具尸首。三具尸首被镇上人点了天灯，十五年内，任何土匪强盗散兵游勇再没来过五马子镇。

六、毛生老汉九十大寿的那天请镇上人都去吃席，他腰里别了双筷子去的。要杀三头猪，其中三个人按住了一头，刀在脖子下捅了四下，猪不死，爬起来又在院里跑。跑过他面前，他给了一筷子，猪扑沓倒在那里不动弹。那动作太快，看不清筷子是怎么戳的，又戳在猪身上的哪里，让他用筷子再杀另外两头猪，他没有再动手。饭熟了，坐席吃饭，腥味招来苍蝇老是在面前飞，他吃着吃着，筷子在空中一夹，夹住一只苍蝇，扔在地上，用脚踩了，继续吃饭。

七、五马子镇在河湾东，河湾西是汀镇，两镇因各自在自己的这边河滩多修了地，把水逼到对面，经常引起纠纷，发生群架。这一年，河水在汀镇那边自然改了主漕道，汀镇人说是五马子镇修的地堰太高所致，上百人要到五马子镇闹事。他让镇子里的人都在家不要出来，他独自在镇街口坐着。镇街上一左一右两个石狮子，每个千八百斤重。汀镇的人一来，黑压压站了一片，来人说：孙我在，你有拳脚，可你一人能打过百人？他说：我不打，我是来迎接的。然后高声叫道：狮子，狮子，你们也迎接啊！就走到左边的狮子跟前，那是个脚踩绣球的公狮子，他把公狮子抱起来放到右边。右边的是背上爬着个小狮子的母狮子，他再把母狮子抱起来放到了左边。汀镇的人看得怯了，说：孙我在，你狗日的行！就退了。

八、他的名声大，就有了"拳打不过五马子镇"的话。百里外的白城关是水旱码头，那里有个武馆不服气，偏就在猴年，三个人来到镇上要拜会他。都是习武人，他热情接待。夜里喝酒，来的人有两个喝了一阵，头趴在了桌上。他说：这不行么！和另一个拿大碗对喝。那人喝了酒大腿根往外流汗，越喝越能喝，他便醉倒了。那三人就用铁链子把他捆了个结实，黎明前离开时，又把他放在门前的碌碡上，留下纸条：就这？天一亮，镇上有拾粪的人看见了，给他解铁链，铁链上还上了锁，解不开，他也就醒了。他醒来就开始蠕动，几次险些从碌碡上掉下来，但都没有掉下来，身子还在蠕动，像是蛇在蜕皮。后来铁链就脱落，他从碌碡上跳下来，说了句：就这！

他是四十八岁时去山上挖老鸹蒜，脚上扎了一个荆刺，并没在意。回来荆刺扎的地方开始化脓、溃烂，再是脚发黑，腿肚子发黑。黑到膝盖上了，人就死了。镇上人有各种说法，有说那荆刺有毒，不小心扎的，有说那是汀镇的人把毒荆刺扎在了他身上。但无论如何，是坏在一个荆刺上，一个荆刺把他的命要了。

五十三

玄武山虽小，却是界山，东北三合县，西南商水县，东南丹阳县，山上的鸡一叫，三个县的天都亮了。武来子家里养鸡养狗也养猫，没有养猪，因为他是阉客，常年在方圆十里的村寨里阉猪，割下的东西归他，是不缺肉的。

阉客的行头很简单，就是一把小刀，配有精美的刀鞘，别在腰里，再就是一辆自行车，车子已经老了，除了铃不响浑身都响，车把上竖着一根铁丝，上边系了红绸条。从玄武山到别的村寨几乎都是些土路，哪儿上坡下坡，什么地方弯大弯小，路边长着松树还是槐树，石头是立着趴着，上面长不长苔藓，他没有不熟悉的。黑夜吃饭，筷子不会把饭送到嘴里，而云雾封山的时候，他仍在土路上把车子骑得飞快，看不到车身，声音是叮里咣当响，待云雾飘过，偶尔的稀薄处，铁丝上的红绸条会冒出来，像火苗子。

阉了二十年的猪，他清楚各村寨总共有过多少猪，每头猪又都长得如何。一般人看猪，猪都是一个样的，其实也分丑陋俊朗的猪和相貌平平的猪。每个猪上世，命里必然带着糠的，所以它们都被圈养，差不多的人家也就圈养一头或两头。生来的猪也必然身上带着那东西，但人们不允许它们都能繁殖后代或寻欢作乐。村寨大的专门有一头种猪，小的村寨二个三个合起来也专门有一头种猪。种猪吃喝之外唯一的工作就是配种，不论道德，不讲伦理，为配种而配种，那已经不是一种高贵和享受，成了负担、痛苦、遭罪。那么，除了极少数的草猪留养要生崽外，大多数的草猪和所有的牙猪就得挨阉了。那是将它们摁倒在地，用绳索将四条腿固定在两根木棍上。如果是牙猪，薅住卵子，刀子划开，将一颗肉球挤出来，如果是草猪则在肚脐边开口子，勾出那像肠子一样的卵巢。然后是缝合创口，抹上盐，再抓一把灶灰撒上了，一切完毕。这些牙猪草猪都分别圈养，或许并没有条件繁殖，但不阉割，它们会冲动，有欲望，想入非非，烦躁不安，被阉割了，够蠢的猪更蠢，就无思无虑地吃喝睡觉，好好长肉了。

武来子觉得自己的事业太重要了，他到各村寨去当然受到尊重，除了收取工费钱，拿走阉下的那些肉也是应该。他骑着自行车就唱山歌：搂着姐儿亲了个嘴，肚里的疙瘩化成了水。

二〇一五年的七月初五，武来子去牛角寨阉猪，返回时阳光普照，鸟语花香，他把自行车骑成了一股风。在茨沟的那条下坡路上，突然看到前边有一头猪，他忙往右拐，那猪也往右跑，他再往左拐，猪又往左跑，躲不及了，车头一拧，冲出路面，车子和人掉到十丈下的河滩就昏过去了。醒来后，看见了自己在一堆沙上，而离沙堆不远就是一大片石头，背笼大的箩筐大的白石头和黑石头。他说：爷呀，我得给沙堆烧香！却觉得石头都在动，是卧着站着的一群猪，再看，那群猪又是白石头和黑石头。

但武来子还是摔伤了，他十多天里小便尿里都有血，就待在家里养着。亏得家里箱底子厚，吃了睡，睡了吃，很快就一身肉。老婆开始嘟囔起来，说地里的草荒了，说家里的菜油快完了，说他吃饭嘴吧唧个不停，说他睡觉鼾声是打雷呀！他为了讨好老婆，去和老婆亲热，最担心的事果然发生了，他不行。后来还试过几次，都没成功。老婆倒怀疑他走乡串村的外面有了女人。他发咒没有，拿拳头打自己的脸，说：我不出去了行了吧！真的从此不做阉客。

五十四

　　红鱼河往东到浦渡，百里之地峰峦叠嶂，山高峡深，少有走兽，却集中了百十种鸟类，雨后天晴，这些鸟类就在林子里争鸣，奇声异调，蔚为壮观。这里的人也话多爱唱，村寨里一直流传着民歌。一九九九年，有个叫康世铭的去那里采风，在高坝乡招待所遇见了县文化馆干部刘师道也在那里收集民歌。两人谈起来，刘师道得意他发现这里民歌旋律和地理一致，山是一座座直上直下，曲调是忽高忽低，不舒缓，却欢快。内容当然多男女爱情，词里称女的是姐儿，称男的是小郎，都是女大男小。但刘师道总嫌歌词太黄，他就改编，一改编，失了味道。康世铭就不满了刘师道，晚上还住乡政府招待所，白天便独自去走村串寨。这一日进了一寨子，寨里人家门上的对联多是红纸上扣碗画出的圆圈，而仅一家写着文字。一打问，这家祖上三世都是中医郎中，到父辈以后虽都念过书，也只是上完小学就回来种庄稼了。康世铭去了那家，主人粗手大脚的，面容倒十分清秀，说起话来不说土话，极力用些新词，显得结结巴巴的。康世铭说：你就用当地话说吧，土话听着舒服。主人笑了笑，说：你城里人不要笑话呀！他放开了来说，说的非常有意思，康世铭倒记下来，把土语和新词作比较。比如吃饭和咥饭，抱孩子和携孩子，呻吟和声唤，滚开和避开，收拾和拢挂，折腾和势翻，轻狂和拧趷，蹦和踔，不舒服和不谄，蛇和缠，亲切和对近，舒服和受活，瞌睡和丢盹，没心眼和差窍。康世铭高兴了，起身给主人敬烟，扭头见到后墙的木架上有一个鸭子，眼睛一亮，便问：那是件陶？主人说：是陶，十年前修水渠挖到个墓，墓里的。康世铭对文字感兴趣外，也喜欢古董。他走近去再看，这是一只汉代的陶鸭，上面红的白的画有图案。就说：能不能把这卖给我？主人说：行么。你们城里人咋都爱这东西，上次也是来了人，买走了一个小桌子，还要二百元买这陶鸭，我没卖。康世铭笑了笑，知道山里以前没有商业意识，城里来人看上了什么就让拿去，而后来稍有些商业意识了，都是啥都要钱，值一元的东西就要百元价。他说：一个陶鸭哪能值二百元呀，既然有人出到二百你没卖，我给你三百。主人同意了，但康世铭身上没带那么多钱，说好明日一手交钱一手拿货。当晚回乡政府招待所，向刘师道借了钱，第二天再来，陶鸭子身上没有了灰尘，没有了包浆，没有了色彩花纹，问这咋啦，主人说：我嫌不干净，特意给你洗了一下。康世铭大失所望，就不再买那陶鸭，问：家里还有啥老东西？主人说：泥楼上倒是有一堆旧书，你要去。泥楼是卧屋上又加了一层，柴排搭的，上下用泥涂抹了，放些杂物。康世铭上到泥楼，确实放着箩筐、纺线车子、草席、麻袋之类，而楼角是有一堆旧书，翻了翻，除了主人小时候读过的课本、作业本外，也有一些发黄破烂的书，是皇历，算卦的，看风水的，全是手抄本，其中还有一本，封面写着《秦岭草木记》，署名麻天池。康世铭在县上借阅县志时，知道民国时期的一个县长叫麻天池，记载此人不善俯仰，仕途久不得意，常写些诗文排泄郁怨。而麻天池还写过这本小册子？这小册子怎么能在这里？康世铭觉得好奇，就掏二十元钱买了。

夜里返回乡政府招待所，发现《秦岭草木记》一共三十页，只有前十二页有文字。灯下翻看了，第一页到七页的内容如下：

蕺菜，茎下部伏地，节上轮生小根，有时带紫红色，叶薄纸质，卵形或阔卵形，顶端短渐尖，基部心形，两面一般均无毛。叶柄光滑，顶端钝，有缘毛。苞片长圆或倒卵形，雄蕊长于子房，花丝为花药的三倍，蒴果。

大叶碎米荠，叶椭圆形或卵状披针形，边缘有整齐锯齿。外轮萼片淡紫或紫红。四强雄蕊，子房柱形，花柱短，长角果扁平。种子椭圆形，褐色。

诸葛菜，茎直立且仅有单一茎。下部茎生叶羽状深裂，叶茎心形，叶缘有钝齿。上部茎生叶长圆形，叶茎抱茎呈耳状。花多为蓝紫色或淡红色，花瓣三四枚，长爪，花丝白色，花药黄色，角果顶端有喙。

甘露子，根茎白色，在节上有鳞状叶及须根，顶端有念珠状肥大块茎，茎四棱，具槽，在棱及节上有平展的硬毛。叶卵圆形，先端尖，边缘有锯齿，内面贴生硬毛。花萼狭钟形，花冠粉红，下唇有紫斑，冠筒状，前面在毛环上方呈囊状膨大。小坚果卵珠形，黑褐色。地下肥大块茎，可食。

白三七，全体无毛，根状茎圆锥形，肉质肥厚。茎直立。叶三片轮生，无柄，叶片宽卵形，先端钝尖，茎部宽楔形。聚伞花序顶生，具多数花，花梗纤细，萼四片，条状披针形。

六道木，叶片菱形，卵圆状，茎部楔形或钝，缘具疏齿，两面附毛。花生于侧生短枝顶端叶腋，聚伞花序，花萼筒细长，花冠红色，狭钟形。核果。其叶含胶质，用热水浸提可形成胶冻做凉粉。

接骨木，皮灰褐色，枝条具纵棱线，奇数羽状复叶对生。聚伞圆锥花序顶生，疏散，花小，白色或黄色，花冠辐射状，具五卵形裂片，浆果黑紫色。茎皮、根皮及叶散发一种只有老鼠才能闻到的味，可头昏脑涨致死。

胡颓子，幼枝扁棱形，密披锈色鳞片，老枝鳞片脱落，黑色具光泽。草质叶长椭圆形，边缘反卷或皱波状。花生于叶腋锈色短小枝上，萼圆筒形，在子房上骤然收缩，裂片三角形，内面疏生白色星状短柔毛。果食可生食。

第八页的内容如下：

秋季红叶类的有槭树、黄栌、乌桕、红瑞木、郁李、地锦。黄叶类的有银杏、无患子、栾树、马褂木、白蜡、刺槐。橙叶类的有榉木、水杉、黄连木。紫红叶类的有榛树、柿树、卫矛。

枸树开的花不艳不香，不招蜂引蝶，但有男株和女株，自己授粉。花柱草的花蕊能从花里伸出一拃或尺余，甚至可以突然击打飞来的蜂蝶。鸭跖草是六根雄蕊，长成三个形态。曼陀罗，如果是笑着采了它的花酿酒，喝了酒会止不住地笑，如果是舞着采了花酿酒，喝了酒会手舞足蹈。天鹅花真的开花像天鹅形。金鱼尊开花真的像小金鱼。

第九页到十二页的内容如下：

草木比人更懂得生长环境。

山中可以封树封石封泉为××侯、××公、××君，凡封号后，祷无不应。

山上葛条无聊地生长着，然有时被用来缚人手脚。它即使生于高山顶上，也是朝下长。

不同的草木，有着不同气流运行方向。

窗前有枣树，梢舒展又繁杂，雨后太阳下，枝条闪亮，透望去将院楼门如铁丝网住。

读懂了树，就理解某个地方的生命气理。

树的躯干、枝叶、枝间、表情，与周遭情形的选择，与时间的经历，与大地的记忆，都不是无缘由地出现。

进芒山，傍溪穿林，攀萝鸟道。

百花开荆棘之花亦开，泉水流而粪壤之水亦流。

枸杞最能结果，一株可结成千上万，其根几丈长，从没人完整地挖过。

锁阳是活血壮阳通便之不老药，数九寒天，它仍在地下生长，其地方圆一尺不会结冰。

问荆，不开花不结果，没叶，只是枝条，但极深的根须，能把土壤中的金、银、铁、铜吸收出来。寻找矿藏，往往它是依据。

竟然还有楷树和模树。

香椿称为树上熟菜，嫩芽暗红色，其味原本是驱虫的，人却以香味吃了它。

有些植物传宗接代是鸟。

树是一站在那里，就再不动，但好多树其实都是想飞，因为叶为羽状。

菟丝子会依附，有人亦是。

核桃树结果有大年小年，为了年年能挂果，需用刀刻树身一圈皮。

何首乌只发两枝藤，白天里分开，一枝向东另一枝向西，或一枝向南另一枝向北。夜间，头靠头尾接尾缠绕，如胶似漆在风中微微抖动。白天吸收阳气最多，晚上阴气最重，其用药，阴阳双补。

康世铭读罢，感慨万千。回到县城，打问县上有没有麻天池的坟墓，他想去凭吊，被问人都说：没听说过。康世铭把《秦岭草木记》捐入了县档案馆。

五十五

潘溪河里石头多，但不是水冲走着石头，而是石头在送水流。上河湾的一个村叫寺儿，现在没了寺，却好看的女人多，都说这是她们前世给佛献过花。

杏开的娘最好看，最好看的才喜欢打扮，她一直有一面镜子，一有空就坐在镜子前头不动弹。三月三镇街上办庙会，婆婆要领四个儿媳妇去热闹，早早起来都洗了脸，换上新衣，三个儿媳已经到了村口了，杏开的娘还没踪影，婆婆赶回来喊她，她还在镜子前梳头，抹头油，别上了发卡，又取了发卡，插上簪子，再是系领扣，左看右看，转了一圈儿看。婆婆站在窗外了，她又用摔子扑打脚面，没土的，没灰的，还是拿湿手巾擦鞋底沿，又对着镜子照。婆婆说：镜子里有老虎，吃了你！

杏开是十九岁上嫁到了下河湾。结婚那天，一溜带串的人搬嫁妆：柜子、箱子、被子、褥子、火盆、脸盆、缝纫机、收音机、自行车、米面碗、热水壶、枕头、门帘，当然还有大镜子。唢呐一响，新郎把新娘抱走呀，母女俩都哭得梨花带雨，娘突然收住声，从怀里掏出个小圆镜给了杏开。杏开说：不是有那个大镜子吗？娘说：大镜子是在屋里照的，出门在外了身上得装个小的。

下河湾距上河湾二十里，上河湾的地势高，下河湾的河道深，岸上却是旱地，下河湾就在河湾建一条水坝，修渠往下引水。修渠的时候，杏开在工地上刁空来看娘。后来渠修好了，杏开也上有公婆下有了孩子，忙着过自己的日子，一月两月的才回一趟娘家。

二十年在不知不觉中就过去了。杏开到了她出嫁时娘的年纪，娘却已满头银发，腿脚僵硬，还患上了气管炎，一遇风寒就咳嗽不止。好看的女人什么年龄段都有什么年龄段的好看，娘依然喜欢打扮，爱镜子。

这年收罢秋，犁过地，农闲下来，杏开蒸了一笼馍，收拾两斤红糖、一罐醪糟、一包麻花，去看娘。这一次住了五天。头一天就看到厢房门边墙缝里塞着一小团一小团娘梳下来的白头发，心里有些发酸，再看到娘的那面镜子背面起了锈，镜面上斑驳模糊，就在第二天特意去镇上重买了一面新镜子，把旧镜子扔在了院门前的垃圾里。第三天她帮娘去上坡摘花椒，黄昏时返回来，发现娘的那面旧镜子又摆在桌案上，杏开说：娘，娘，你咋把它又捡回来了？娘说：那镜子好，照着脸白。

杏开想了想，就给娘笑了，娘也在笑。那时候，门口的金桂正吐蕊，村子里都闻见了香气。

五十六

牛站在崖畔，伸嘴去吃酸枣刺。人吃辣椒图辣哩，牛吃枣刺图扎哩，酸枣刺是牛的调料。狗卧在门道里一直在啃骨头。骨头早已成了黑棒子，狗不在乎有肉没肉，它好的就是那一股味道。东头的铁匠铺里一直在叮叮咣咣敲打，西头的弹棉花店里一直在嗡嗡嗡作响，整个后晌石坡村都在软硬相间的声音里。

石坡村之所以在白芦峪出名，就是有张家的铁匠铺和司家的弹棉花店。但是，张家看不起司家：去，有什么技术含量，棉花用手撕着也能撕蓬松！张铁匠打铁打乏了，要喝酽茶，收拾了锤子，也让儿子歇下。儿子歇下就是吹唢呐，吹出的像放屁，唾沫星子都喷出来，风一吹又落在自己脸上。儿子是个笨家伙，张铁匠抬头看到远处的梁背上过来了人，说：把那些货都挂出来！新打造的扎锨、铲锨、板镢、犁铧、齿耙、镰刀、砍刀、钢钎、撬杠以及碾磙子桩枷轴，解板的长锯，锥子夹子钩子钉子，齐齐挂了铺门两边的木架上和摆了木架前的摊位上。来人果然是买家，要挑一把牙子镢。张铁匠明明知道是羊角村的，却要问：哪个村的？回答是：羊角村的。张铁匠又说：羊角村不是也有铁匠铺吗？那人说：这不是货怕比货么！一股子大风在刮了，啥都吹起来，张铁匠吆喝着让碌碡起，起，碌碡到底没被吹起。

爷爷是铁匠，爹是铁匠，张铁匠也是打了二十年铁了，要把手艺再传下去，儿子却越来越心不在焉。他常常用钳子从炉火里夹出一疙瘩铁了，在砧子上用小锤子敲，让儿子抡起大锤子砸，敲两下，砸一下，他觉得节奏有致，叮叮咣咣着是戏台上一出戏。但后来，砸着砸着，大锤子就乱了，他呵斥：咋啦？儿子说：我瞀乱。这些年里，白芦峪里的年轻人时兴着出山进城去打工，他知道儿子受了诱惑。就骂生处的水，熟处的鬼，别上了那些人的当。强压着没有让儿子外出，而儿子要么吊个脸，要么消极怠工，嘴里嘟嘟囔囔，像个走扇子门。

这样的日子又持续了三年。村子里已没了牛，连狗都没有了，来买锨、锄、镢头的越来越少，而齿耙、犁铧、钢钎、撬杠几乎无人问津。铁匠铺的炉火再不日夜通红，大锤子小锤子的敲打声，响一会儿就消停了，就是还响，也节奏大乱。而西头弹棉花店里嗡嗡声依旧。这使张铁匠恨恨不已。他问儿子：咱村你那些同学去了城里，峪里别村的那些同学也都去了城里？儿子说：就是。他说：都不种地啦？儿子说：种一年地抵不住打一月工。他告诫儿子：这不会长久的，是农民么能不种地？种地能不用农具？咱多打些铁货放着。

父子俩是打造了一批铁货，却一直堆放在柴棚里。在第四年里，一件都没卖出，铁匠铺就关门了。没了铁打，张铁匠腰却疼起来，脾气也比以前坏。儿子每天一早往镇上跑，天黑才回来，说县政府在发展旅游产业，镇街都开始改造老铺面房了，他和人正谋划着做些生意。张铁匠在骂儿子：放着家传的手艺，做什么生意！腰疼得站不住，睡在躺椅上了，还在骂。

儿子再也不怕爹骂了，先是出去偶尔夜不归宿，后来就十天半月不回来。终于回来了，却让爹打造一批铁叉。张铁匠问：做铁叉干啥？儿子说：在河滩淤泥里叉鳖呀。现在一只鳖在城里卖五十元，在镇街饭馆里也卖十几元。游客要是亲自去河滩体验叉鳖，叉上叉不上，按时间收费，一小时四十元。张铁匠说：还有这事？他就打造起了铁叉。打铁叉是小活，用不着儿子抡大锤子，他一个人能干，干着腰也不疼了。他打造了四十个铁叉，儿子和他一手交钱一手拿货。不久，儿子又订新货了：你打钉子，能打多少我就收多少。告诉是他们在临河岸上修三千米长廊，全用木头，钉子的需求量很大。张铁匠再生炉火，开始打造钉子，叮叮当，叮叮当，白天打，夜里还点了灯打。这天下雨，铁匠铺外边的场子上积了水，雨还下着，水面上的雨脚像无数的钉子在跳跃，张铁匠突然就不打了。他耷拉着脑袋坐在里间屋去吃烟，里间屋黑咕隆咚，他就想在黑暗里，不愿见外人，自己也见不得自己。儿子回来了，还领着一个人。儿子给爹介绍这是他的合伙人，张铁匠看了一眼，没搭理。儿子问爹生谁的气了，张铁匠说他生他的气。儿子说他们是来收货的，看到的筐子里怎么只有那么一些钉子？张铁匠说：不打啦！那合伙人说：咋不打啦？我们急需要的，货款都带来了。张铁匠说：丢先人哩，我这么大的铁匠，就打这些小零碎？哎？哎？他摊开手，脸色十分难看。合伙人却嘿嘿地笑，在说：这有啥呀老爷子，发明了火药还不是做鞭炮吗，恐龙那么大的，现在挖出来的恐龙蛋不也是拳头那么小？只要能赚钱，打啥还不一样啊！张铁匠一下子火了，扑过来要打人呀，

116

儿子忙喊：爹，爹！张铁匠并没有去打合伙人，一脚却把火炉蹬倒，又一脚把淬火的水桶蹬倒。地上的红炭在水里嗞嗞冒烟，他老牛一样地呜呜，哭鼻子流眼泪。

张铁匠到山上去看父亲和爷爷。父亲是一个墓堆子，爷爷是一个墓堆子。在墓堆前蹴了一整晌，站起来往远处看，能看到白芦峪河，白芦峪河是一条线。那线的拐弯处是镇街，更远更远的云外是县城省城吧。他一步一步再下山回铁匠铺，拿了挂在墙上的唢呐，这是儿子的唢呐他不会吹，开口唱起小时候学会的山谣，唱得不沾弦。西头弹棉花店里好像还有嗡嗡响，也已经不是火把燎着蜂巢漫天轰鸣，而蚊子似的，声愈来愈细，愈来愈小。

五十七

洛水流过阳虚山、页山、元扈山、望沟和鹿鸣谷，这一带相传是仓颉造字地，但没有任何遗迹。两岸岔壑崖砭，路瘦田薄，稀稀拉拉的村寨，有大到千户的，也有小到三家五家。山民出入，不论冬夏，头上多缠布巾，带了竹笼，有东西装东西背着，没有东西空笼还背着。他们或许就不知道仓颉，或许有知道的，也就觉得那只是传说，与自己无关，好比空气是多么重要，无时无刻不在呼吸，但没有生病的时候，这一切都不存在似的。他们世世代代在田地劳作，土里有什么颜色，豆子也有什么颜色，身上流多少汗珠，麦子也有多少颗粒。生命变成了日子，日子里他们就知道了天是有晴有阴，忽冷忽热。知道了黑夜里看不清东西，太阳也不能直视。知道了月亮里的暗斑那是吴刚在砍桂树，砍一斧子，树又长合，吴刚总是砍不断桂树。知道了星星数不清的，一遍和一遍数目不同。于是，要么喝酒，常常是闭门轰饮，不醉倒几个，席不得散。要么聚堆儿，哭呀笑呀，争吵、咒骂、呻吟、叹息、说是非，众声喧哗，如黄昏荨麻地里的麻花，如夏天的白雨经过了沙滩，只有启山上的大钟一响，才得以消失。

这钟声是由启山上的仓颉书院响起的。

启山在群山众峰间并不高，但它是土山，浑圆如馒头，山顶上一片若木树林，一年四季红叶不落。书院就在树林子里，虽然建校仅十年历史，师生已超过五千。钟在上课或下课时敲动，声闻于天，提醒了一个一个村寨人的耳朵，他们这才意识到启山上有学院，书院是以仓颉命名的，自己的孩子就是在那里求学。

这些学生，当然没有像仓颉那样长着四个眼睛，而每一个却如从父母的蛹里出来的蝶或蝉，是秦岭的精灵。想象不来仓颉造字时如何"天雨粟，鬼夜哭"，可学生们在仓颉创造的文字里，努力学习，天天向上，犹有所待。

这其中有个叫立水的，家住在元扈山上，父亲是瞎子，母亲是哑巴，他却生得棱角崭然，平和沉静，时常冥想。学习三年，哲学、文学、音乐、美术，求知的欲望如同筷子，见什么饭菜都要品尝。待到也能"仰观象于玄表，俯察式于群形"，他越来越强烈地感觉到他头顶上时不时飕飕有凉气，如同烟囱冒烟，又如同门缝里钻风。他似乎理解了这个世界永远在变化着，人与万物沉浮于生长之门。似乎理解了流动中必定有的东西，大河流过，逝者如斯，而孔子在岸。似乎理解了风是空气的不平衡。似乎理解了睡在哪里都是睡在夜里。似乎理解了无法分割水和火焰。似乎明白了上天无言，百鬼狰狞。似乎理解了与神的沟通联系方式就是自己的风格。似乎理解了现实往往是一堆生命的垃圾。似乎理解了未来的日子里，人类和非人类同居。似乎理解了秦岭的庞大、雍容，过去是秦岭，现在是秦岭，将来还是秦岭。似乎理解了父亲的瞎、母亲的哑再也无药可医。

立水的脑子里像煮沸的滚水，咕咕嘟嘟，那些时宜或不时宜的全都冒泡和蒸发热气，有了各种色彩、各种声音、无数的翅膀。一切都在似乎着似乎着，在他后来热衷起了写文章，自信而又刻苦地要在仓颉创造的文字中写出最好的句子，但一次又一次地于大钟响过的寂静里，他似乎理解了自己的理解只是似乎。他于是坐在秦岭的启山上，望着远远近近如海涛一样的秦岭，成了一棵若木、一块石头，直到大钟再来一次轰鸣。

外编一

太白山

寡　妇

一入冬就邪法儿地冷。石块都裂了，酥如糟糕。人不敢在屋外尿，尿出尿成冰棍儿撑在地上。太白山的男人耐不过女人，冬天里就死去许多。

孩子，睡吧睡吧，一睡着权当死了，把什么苦愁都忘了。那爹就是睡着了吗？不要说爹。

娘将一颗瘪枣塞进三岁孩子的口里，自己睡去。孩子嚼完瘪枣，馋兴未尽，又吮了半晌的指头，拿眼在黑暗里瞧娘头顶上的一圈火焰，随即亦瞧见灯芯一般的一点火焰在屋梁上移动，认得那是一只小鼠。倏忽间听到一类声音，像是牛犁水田，又像是猫舔糨糊。后来就感觉到炕上有什么在蠕动。孩子看了看，竟是爹在娘的身上，爹和娘打架了！爹疯牛一般，一条一块的肌肉在背上隆起，急不可耐，牙在娘的嘴上啃，脸上啃；可怜的娘兀自闭眼，头发零乱，浑身痉挛。孩子嫌爹太狠，要帮娘，拿拳头打爹的头，爹的头一下子就不动了。爹被打死了吗？孩子吓慌了，呆坐起定眼静看，后来就放下心，爹的头是死了，屁股还在活着。遂不管他们的事体，安然复睡。

天明起来，炕上睡着娘，娘把被角搂在怀里。却没见了爹。临夜，孩子又看见了爹。爹依旧在和娘打架。孩子亦不再帮娘，欣赏被头外边露出的娘的脚和爹的脚在蹭在磨在蹬，十分有趣。天明了炕下竟又只是娘的一双鞋和他的一双鞋。

又一个晚上，娘与孩子坐上炕的时候，孩子问爹今夜还来吗？娘说爹不会来，永远也不会来了。娘骗人，你以为我没有看见爹每夜来打你吗？娘抱住了孩子，疑惑万状，遂面若土色，浑身直抖。他们守挨到半夜，却无动静，娘肯定了孩子在说梦话，于门窗上多加了横杠蒙头睡去。孩子不信爹不来的，等娘睡熟，仍睁着眼睛。果然爹又出现在炕上。爹一定是要和儿子捉迷藏了，赤着身子贴墙往娘那边挪。爹，那样会冷着身子的！因为爹的头上没有火焰。但爹不说话，腮帮子鼓鼓的。爹在被人抬着装进一口棺木中时口里是塞了两个核桃的。爹，那核桃还没吃吗？爹还是不说话，继续朝娘挪去。孩子就生气了，恨恨爹，继而又埋怨娘，怎么还要骗我说爹永远不会回来呢？孩子想让爹叫出声来，让娘惊醒而感到骗人的难堪，便手在炕头摸，摸出个东西向爹掷去。掷出去的竟是砖枕头，恰砸在爹身子中间的那个硬挺的东西上。娘醒过来。娘，我打着爹了。爹在哪儿？灯点亮了，却没有爹，但孩子发现爹贴在墙上的那个地方上，有一个光溜的木橛。你这孩子，钉一个木橛吓娘！娘在被窝里换下待洗的裤衩，挂在那木橛上。木橛潮潮的，娘说天要变了，木橛上也潮露水。

翌日，娘携着孩子往山坡上的坟丘去焚纸，发现坟丘塌开一个洞。惊骇入洞，棺木早已开启，爹在里边睡得好好的，但身子中间的那个东西齐根没有了。

孩子在与同伴玩耍时，将爹打娘的事说了出来。数年后，娘想改嫁，人都说她年轻，说她漂亮，人却都不娶她。

挖参人

有人家出外挖药，均能收获到参，变卖高价，家境富裕竟为方圆数十里首户。但做人吝啬，唯恐露富，平日新衣着内破衫罩外，吃好饭好菜，必掩门窗，饭后令家人揩嘴剔牙方准出去，见人就长吁短叹，一味哭穷。

此一夏又挖得许多参，蒸晾干后，装一烂篓中往山下城中出售，临走却在院门框上安一镜。妇人不解，他说这是照贼镜，贼见镜则退，如狼怕鞭竹鬼怕明火。妇人奚落他疑神疑鬼，多此了一举，他正色说咱无害人之意却要有防人之心，人是识不破的肉疙瘩，穷了笑你穷，富了恨你富，我这一走，肯定有人要生贼欲，这院子里的井是偷不去的，那茅房是没人偷的，除此之外样样留神，那些未晾干的参越发藏好，可全记住？妇人说记住了。他说那你说一遍。妇人说井是偷不去的，茅房没人偷，把未晾干的参藏好。他说除了参，家里一个柴棒也要留神，记住了我就去了。妇人把他推出门，他走得一步一回头。

妇人在家里果然四门不出。太阳亮光光的，照在门框上的镜子，一圆片的白光射到门外很远的地方，直落场外的水池，水池再把圆片的白光反射到屋子来。妇人守着圆片光在屋中坐地，直待太阳坠落天黑，前后门关严睡去。睡去一夜无事，却担心门框上的镜子被贼偷了，没有照贼的东西，贼就会来吗？翌日开门第一宗事，就去瞧镜子，镜子还在。

镜子里却有了图影。图影正是自家的房子，一小偷就出现在檐下的晾席上偷参，丈夫与小偷搏斗。小偷个头小，身法却灵活，总是从丈夫的胯下溜脱。丈夫气得嗷嗷叫，抄一根磨棍照小偷头上打，小偷一闪，棍打在捶布石上，小偷夺门跑了。妇人先是瞧着，吓得出了一身汗，待小偷要跑，叫道我去追，拔脚跨步，一跤摔倒在门槛，看时四周并不见小偷。觉得奇怪，抬头看镜子，镜子里什么也没有了，一个圆白片子。

又一日开门看镜子，镜子里又有了图影。一人黑布蒙面在翻院墙，动作轻盈如猫。刚跌进院，一人却扑来，正是丈夫。蒙面人并不逃走，反倒一拳击倒丈夫，丈夫就满口鲜血倒在地上。蒙面人入室翻箱倒柜，将所有新衣新裤一绳捆了负在背上，再卸下屋柱上的一吊腊肉，又踢倒堂桌，用镢挖桌下的砖地，挖出一个铁匣，从匣中大把大把掏钱票塞在怀里。妇人看着镜子，心想丈夫几时把钱埋在地下她竟不知？再看时，蒙面人已走出堂屋，丈夫还躺在地上起不来，眼看蒙面人又要跃墙出去了，丈夫却倏忽冲去，双手在蒙面人的交裆里抓，抓住一嘟噜肉了，使劲捏，蒙面人跌倒地上，动弹不得。丈夫将衣物夺了，将腊肉夺了，将怀中的钱票掏了，再警告蒙面人还敢不敢再来偷？蒙面人磕头求饶，丈夫却要留一件东西，拿了剪刀一铰，铰下蒙面人的一只耳朵。遂扯着蒙面人的腿拉出来，把门关了，那只耳朵还在地上跳着动。妇人瞧得心花怒放，没想丈夫这般英武，待喊时，镜子里的一切图影倏忽消失。

以后的多日，妇人总见镜子里有自家的房子，并未有小偷出现，而丈夫始终坐在房前，威严如一头狮子。妇人不明白这是一面什么镜子如此神奇？既然丈夫在门框上装了这宝物，家里是不会出现什么事故的，心就宽松起来，有好多天已不守坐，兀自出门砍柴，下河淘米，家里果真未有失盗。

一日，开门后又来看镜子，镜子里又有了图影。一人从院门里进来，见了丈夫拱拳恭问，笑脸嘻嘻，且从衣袋取一壶酒邀丈夫共饮。丈夫先狐疑，后笑容可掬，同来人坐院中吃酒。吃到酣处，忽听屋内有柜盖响动，回头看时，一人提了鼓囊囊包袱已立于台阶，一边将包袱中的参抖抖，一边给丈夫做鬼脸，遂一个正身冲出门走了。丈夫大惊，再看时屋后檐处一个窟窿，明白这两贼诡秘，一人从门前来以酒拖住自己，一个趁机从后屋檐入室行窃。急伸手抓那吃酒贼，贼反手将一碗酒泼在丈夫眼上，又一刀捅向丈夫的肚子，转身遁去。丈夫倒在那里，肠子白花花流出来，急拿酒碗装了肠子反扣伤处，用腰带系紧，追至门口，再一次栽倒地上。

妇人骇得面如土色。再要看丈夫是死是活，镜子里却复一片空白。

三日后，山下有人急急来向妇人报丧，说是挖参人卖了参，原本好端端的，却怀揣着一沓钱票死在城中的旅馆床上。

猎　手

从太白山的北麓往上，越上树木越密越高，上到山的中腰再往上，树木则越稀越矮。待到大稀大矮的境界，繁衍着狼的族类，也居住了一户猎狼的人家。

这猎手粗脚大手，熟知狼的习性，能准确地把一颗在鞋底蹭亮的弹丸从枪膛射出。声响狼倒。但猎手并不用枪，特制一根铁棍，遇见狼故意对狼扮鬼脸，惹狼暴躁，扬手一棍扫狼腿。狼的腿是麻秆一般，着扫即折。然后拦腰直磕，狼腿软若豆腐，遂瘫卧不起。旋即弯两股树枝吊起狼腿，于狼的吼叫声中趁热剥皮，只要在铜疙瘩一样的狼头上划开口子，拳头伸出去于皮肉之间嘭嘭捶打，一张皮子十分完整。

几年里，矮林中的狼竟被猎杀尽了。

没有狼可猎，猎手突然感到空落。他常常在家坐喝闷酒，倏忽听见一声嚎叫，提棍奔出来，鸟叫风前，花迷野径，远近却无狼迹。这种现象折磨得他白日不能安然吃酒，夜里也似睡非睡，欲睡乍醒。猎手无聊得紧。

一日，懒懒地在林子中走，一抬头见前边三棵树旁卧有一狼作寐态，见他便遁。猎手立即扑过去，狼的逃路是没有了，就前爪搭地，后腿拱起，扫帚大尾竖起，尾毛拂动，如一面旗子。猎手一步步向狼走近，眯眼以手招之，狼莫解其意，连吼三声，震得树上落下一层枯叶。猎手将落在肩上的一片叶子拿了，吹吹上边的灰气，突然棍击去，倏忽棍又在怀中，狼却卧在那里，一条前爪已经断了。猎手哈哈大笑，迅雷不及掩耳之势将棍再要磕狼腰，狼狂风般跃起，抱住了猎手，猎手在一生中从未见这样伤而发疯的恶狼，棍掉在地上，同时一手抓住了一只狼爪，一拳直塞进弯过来要咬手的狼口中直抵喉咙。人狼就在地上滚翻搏斗，狼口不敢合，人手不敢松。眼看滚至崖边了，继而就从崖头滚落数百米深的崖下去了。

猎手在跌落到三十米，岸壁的一块凸石上，惊而发现了一只狼。此狼皮毛焦黄，肚皮丰满，一脑壳儿桃花瓣。猎手看出这是狼的狼妻。有狼妻就有狼家，原来太白山的狼果然并未绝种啊。

猎手在跌落到六十米，崖壁窝进去有一小小石坪，一只幼狼在那里翻筋斗。这一定是狼的狼子。狼子有一岁吧，已经老长的尾巴，老长的白牙。这恶东西是长子还是老二老三？

猎手在跌落到一百米，看见崖壁上有一洞，古藤垂帘中卧一狼，瘦皮包骨，须眉灰白，一右眼瞎了，趴聚了一圈蚊虫。不用问这是狼的狼父了。狡猾的老家伙，就是你在传种吗？狼母呢？

猎手在跌落到二百米，狼母果然在又一个山洞口。

猎手和狼终于跌落到了岸根，先在斜出的一棵树上，树咔嚓断了，同他们一块坠在一块石上，复弹起来，再落在草地上。猎手感到剧痛，然后一片空白。

猎手醒来的时候，赶忙看那只狼。但没有见到狼，和他一块下来已经摔死的是一个四十余岁的男人。

杀人犯

某年的春季，鸡肠沟一位贫农被杀。村人发现时满屋鸡毛，尸无首级，只好在脖颈倒插了葫芦，炭画眉眼，哀而葬去。

十八年后，山下尤家庄有后生十五岁，极尽顽皮，惹是生非，人骂之"野种"。后生挨骂倒不介意，其母却以为受欺，欲与村人厮斗。此户三代单传，传至四代，仅存一女，招纳了女婿上门，虽生下后生维系了门宗，终是根基不纯，最忌被人揭短。丈夫竭力劝慰，一场事故，善罢甘休。也从此，村人念及这上门婿忠厚，再不下眼作践。上门婿善木工，制器坚美绝伦，箍木盆木桶日晒七天风吹七夜盛水不漏，故常被村人请去做工。做工从不收费，饭食也不挑拣，只是合卯安楔时需鸡血蘸粘，最多有一碟鸡肉就是。

木匠唯有一癖好，珍视一只木箱，每出外做工，随身携带，无事在家，箱存炕角。平日寡言少语，表情愁苦，便要独自一人开箱取一物件静观，然后面部活泛，衔一颗烟于暖和和的阳坡上仰躺了坦然。箱中的物件并不是奇珍异宝，而是分开两半的头壳模型。后半是头的后脑壳儿，前半则是典型的面具。面具刻作十分精致，老人面状，长眼、撮嘴、冲天短鼻，额皮唇上纵横皱纹。后生的娘一见面具就要说是自己的丈夫刻的，木匠却否认。不是你刻的谁能有这等手艺？瞧瞧这是木质吗？是垢甲做的。妇道人拿在手里端详，果然是垢甲做的。垢甲竟能做面具，垢甲简直和土漆一样了！问哪儿能弄到这么多垢甲，做面具好是好，却肮脏死人了！扬手就要撂出门去。木匠却赶忙夺了，安放箱中，且加了铁锁，一脸严肃，再不示外人看。

后生长至十七，依然不肯安生。四月初八太白山祭祖师爷，村中照例要往山上送"纸货"，做了许多山水、人物、楼阁的纸扎，又皮鼓铜锣中出动千姿万态的高跷、芯子。更有戏谑之徒扮各类丑角，或灶灰抹脸，或男着女装，或以草绳绕头作辫，或股后夹扫帚为尾，呼呼隆隆往山上三十里远的庵中涌去。木匠家的后生不甘落后，回家扭开父亲木箱上的锁，取了那半个头壳的面具覆在脸上，挤入队列。到了山上，庵前庵后放满了别的村舍送的"纸货"，不乏亦有各种竹马、社虎在演动，进香的和瞧热闹的更是人多如蚁。这后生戴面具舞蹈，一个小儿身却有老头脸，人群叫好，后生愈发得意忘形。恰鸡肠沟有人也来进香，忽见一人酷像当年被杀的老贫农，遂上前一把抱住叫说我爷你怎的活着？后生取下面具说爷我就没死！那人方知不是被害的贫农，却一口认定这面具是二十年前被杀的贫农的头脸。于是后生被扭到山下公安局。木匠遂也被传来，稍一问，木匠供认贫农是他所杀，但强调他并未要了贫农老头的命。

那天夜里我安木楔没鸡血，便去他家偷鸡，鸡已经抓到手了，被他发现。我放下鸡就走，他拉住我说要把贼交给公社去斗争，要叫人人知道我是贼，以后娶妻生子，也要让人知道妻是贼妻子是贼子，叫我永远揭不下贼皮。我说你这么狠，不给我一条活人路吗？他说贫农对你这富农成分的儿子就要狠，水不容火，天不共戴。我想他是铁了心，我也只有咬咬牙，杀人灭口。一斧子砍在他头上，头立即断了，又裂成两半。用衣服包了头逃，一路上真后悔，无论如何我也不该杀了他的头啊！我坐下来，决意要给那颗头忏悔，然后自杀谢罪，可解开衣包看时，那竟不是他的头。阿弥陀佛，亏他长年不洗头不洗脸结了一层垢甲，我砍来的是垢甲壳。我没罪的，我把他的垢甲壳砍了还他一个白净的头脸，所以我没有去自首投案，所以我活了二十年。

香　客

太白山顶有一池，池围三百六十五丈，不漏不泄，四季如然。池水碧清如玻璃，但凡有落叶漂浮，便有水鸟衔走，人以为神事。于是池左旁建一道观，太白山上下方圆求神祷告避灾驱邪的人都来进供，香火自是红火。

一日，道观的香客厢房住下了两位男人，本是陌路人，磕头上香，将大把的钱扔进布施箱后，天向晚各蒙被睡下无话。天将明，一人睡梦中被哭声惊醒，坐起听哭者正是对面床上那人。

这人问睡起来你哭什么呀？

那人说我才睡醒一摸头头不见了。

这人大惊，拉开窗帘，看见对面床上那人被子裹体坐着，果然没有头。说你没了头怎么还能说话呀？

那人说我现在是用肚脐窝儿说话。说着掀开被子，真是用肚脐窝说话，且两个乳长长流泪。

这人知道那人的乳也已做了双眼。便说你不要哭看头是不是掉在被窝里？

那人将被子抖开，没有头。

这人说你到床下看看是不是掉到床下了？

那人跳下床，爬着进去看了一会儿，没有头。

这人说你半夜上茅房尿尿是不是掉到茅房了？

那人披衣去茅房查看，没有头。用长竿搅动粪水也没有头。哭着回来了。

这人说不要哭你好好想想昨日天黑时你去过哪儿？

那人说我去大殿里给神磕过头。

这人说那去殿里找找说不定掉在殿里。

那人便去殿里，刚要出门，这人说我也糊涂了怎么能去殿里你在殿里磕头当然是头还在肩膀上的不会掉在殿里了。

那人就又回坐床上。

这人说你还去过哪儿？

那人说擦黑月亮出来我去池边看水中的月亮。

这人说这就好了肯定掉到池边了我帮你去找。

两人跑到池边把每一块石头都翻了，每一片草都拔了，没有头。掉到池里是不可能的，因为水鸟不允许有杂物落进去，要掉在池里水鸟会衔出来扔到岸上的。两人又往来路上往回找，仍是没有头。回到厢房那人又哭，这人瞧见那人哭，也觉伤心，后来就也哭起来。哭着哭着，那人却不哭了，反倒笑了一声，还劝慰这人也不要哭。

这人说你没头了你还笑什么呢？

那人说你这么帮我让我感谢不尽我还从来未遇过你这好人我怎能也让你哭我没头我也不找了我不要我的头了！

那人说罢，头却突然长在了肩膀上。

丈　夫

过了馒头疙瘩峁，漫走七里坪，然后是两岔沟口穿越黑松林，丈夫挑着货郎担儿走了。走了，给妇人留一身好力气，每日便消耗在砍柴、揽羊，吆牛耕耘挂在坡上的片田上。

货担儿装满着针头线脑，胭脂头油，颤悠，颤悠，颤颤悠悠；一走十天，一走一月。转回来了，天就起浓雾，浓得化不开。夜里不点灯，宽阔的土炕上，短小精悍的丈夫在她身上做杂技，像个小猴猴。她求他不要再出去，日子已经滋润，她受不得黑着的夜，她听见猪圈里猪在饿得哼哼。他说也让我守一头猪吗？丈夫便又出门走。丈夫一走，天就放晴，炸着白太阳。

又是一次丈夫回来，浓雾弥漫了天地，三步外什么也看不见，呼吸喉咙里发呛。雾直罩了七天七夜，丈夫出门上路了，雾倏忽散去，妇人第三天里突然头发乌黑起来，而且十分软，十分长，像泻出黑色瀑布。她每日早上只得站在高凳子上来梳理。因为梳理常常耽误了时光，等赶牛到了山上，太阳也快旋到中天了。她用剪刀把长发剪下，第二天却又长起来。扎条辫子垂到背后吧，林中采菌子又被树杈缠挂个不休。她只得从后领装在衣服里，再系在裤带上，恨她长了尾巴。

丈夫回来了，补充了货品又出门上路。妇人觉得越来越吃得少，以为害了病。却并不觉哪儿疼，而腰一天天细起来，细如蜂腰。腰一细胸部也前鼓，屁股也后撅，走路直打晃，已经不能从山上背负一百四十斤的柴捆了。天哪，我还能生养出娃娃吗？

丈夫在九月份又出动了。妇人的脸开始脱皮。一层一层脱。照镜子，当然没有了雀斑，白如粉团，却见太阳就疼。眼见着地里的荒草锈了庄稼，但她一去太阳光下锄薅，脸便疼，针扎的疼。

丈夫一次次回来，一次次又出去，每去一趟，妇人的身子就要出现一次奇变。她的腿开始修长。她的牙齿小白如米。脖颈滚圆。肩头斜削。末了，一双脚迅速缩小，旧鞋成了船儿似的无法再穿，无论如何不能在山坡上跑来跑去地劳作了。妇人变得什么也干不成，她痛苦得在家里哭，哭自己是个废人了，要成为丈夫的拖累了，他原本不亲热我，往后又会怎样嫌弃呢？

妇人终在一天上吊自尽。

丈夫回来了，照例天生大雾。雾涌满了门道，妇人美丽绝伦地立于门框中。丈夫跑近去，雾遂淡化，看见了洞开的门框里妇人双脚悬地，一条绳索拴在框梁。丈夫号啕大叫，恨自己生无艳福，潸然泪下。泪下流湿了脸面，同时衣服也全然湿淋。将衣服脱去，前心后背竟露出十三个眼睛。

公　公

夏天里，长得好稀的一个女人嫁给了采药翁的儿子。采药翁住在太白山南峰与北峰的夹沟里，环境优美，屋后有疏竹扶摇，门前涧水湉湉。傍晚霞光奇艳，女人喜欢独自下水沐浴，儿子在涧边瞧着一副耸奶和浑圆屁股唱歌，老翁于门坎上听着歌声，悠悠抽烟。八月份的第七个天，儿子去主峰上采药，炸雷打响，电火一疙瘩一疙瘩落下来搒。儿子躲进三块巨石下，火疙瘩在石头上击，儿子就压死在石头下。女人孝顺，不忍心撇公公，好歹伺候公公过。

公公是个豁嘴，但除了豁嘴公公再没有缺点。

夜里掩堂门安睡。公公在东间卧房，女人在西间卧房，唯一的尿桶放在中间厅地。公公解手了，咚咚乐律如屋檐吊水，女人在这边就醒过来。后来女人去解手，当当乐律如渊中泉鸣，公公在那边声声入耳。

日子过得很寡，也很幽静。

傍晚又是霞光奇艳，女人照例去涧溪沐浴。涧边上没有唱歌人，公公呆呆在门坎上抽烟叶，抽得满口苦。黎明里，公公去涧中提水，水在他腿上痒痒地动，看见了数尾的白条子鱼。做了钓竿拉出一尾欲拿回去熬了汤让女人喝，却又放进水。公公似乎懂得了水为什么这么活，女人又为什么爱到水里去。

公公告诉女子他要到儿子采过药的主峰上去采药，一去没有回来。女人天天盼公公回来，天天去涧溪里沐浴。女人在水中游，鱼也在水中游，便发现了一条娃娃鱼。娃娃鱼挺大，真像一个人，但女人并不觉得害怕。她抱着鱼嬉戏，手脚和鱼尾打溅水花，后来人和鱼全累了，静静地仰浮水面，月光照着他们的白肚皮子。

女人等着公公回来告诉他涧溪中有了这条奇怪的娃娃鱼，但公公没有回来。十个月后，女人突然怀孕，生下一个女孩来。孩子什么都齐全，而嘴是豁唇。女人吓慌了，百思不解，她并没有交结任何男人，却怎么生下孩子来？且孩子又是个豁嘴？！女人在尿桶里溺死孩子，埋在了屋后土坡。

又十个月，女人又生下一个豁嘴孩子。女人又在屋后的土坡埋了。再过了三个十月，屋后的土坡埋葬了三个孩子。三个孩子都是豁嘴。

公公永远不会回来了吗？或许公公明日一早就回来。

女人已经极度地虚弱了，又一次将孩子埋在屋后土坡时，被散居于沟岔中的山民瞧见。他们剥光了她的衣服，用鞋底扇她的脸和她的下体。然后四处寻觅采药翁，终在溪边的泥沙中发现采药翁的药镢，哀叹他一定是受不了这女人的不贞而自溺。山民便把女人背负小石磨坠入涧溪。水碧清，女人坠下去，就游来了许多鱼，山民们惊骇着有一条极大的似人非人的鱼。

自此，娃娃鱼为太白山一宝，山归于重点保护。

村　祖

山北矻子坪的村里，一老翁高寿八十九岁，村人皆呼作爷。爷鸡皮鹤首，记不清近事能记清远事，爱吃硬的又咬不动硬的，一心欲尿得远却常常就淋在鞋上。因为年事高迈，村人尊敬，因为受敬，则敬而远之，爷活得寂寞无聊，兀自将唯独的一颗门牙包镶的金质牙壳取下来，装上去，又复取下。

过罢十年，算起来爷是九十九岁。一茬人已老而死去，活上来的又一茬人却见爷头发由白转灰，除那颗门牙外又有槽牙。再过罢十年，一茬人再皆死去，另一茬活上来的人见爷头发由灰为黑，门牙齐整。如果不是镶有金牙，谁也不认为他是那个爷的。不能算作爷，村人即呼他伯。又过十年，又是一茬人见他脸色红润，叫他是叔。又又十年，又又又十年，八十年后，他同一帮顽童在村中爬高上低，闹得鸡犬不宁。一个秋天，太白山下阴雨，直下了三个月。一切无所事事，孩子们便在一起赌钱。正赌着，村口有人喊：公家抓赌来了！孩子们赌得真，没有了耳朵，只有凸出的眼泡。他已经输尽了，同伴欲开除他的赌资，他指着口里的那枚金牙，这不顶钱吗？执意再赌。抓赌人到了身边，孩子们才发觉，一哄散去。他又输了一顽童，顽童要金牙。他赖着不给，再赌一次，三求二赢。顽童说没牌了怎个赌？划拳赌。抓赌人在后边追，他们在前边跑，口里叫着拳数。抓赌人追不上不追了，他却还是又输一次。输了仍不给金牙。两人就绕着一座房子兜圈子。忽听房子里有妇人在呻吟，有老妪将一个男人推出门，说生娃不疼啥时疼。他忽地蹿上那家后窗台，不见了。追他的顽童撵过墙角不见人。瞧瞧树，树上卧只鸟儿。掀掀碌碡，碌碡下一丛黄芽儿草。猛地转过身，身后也没有。顽童呆若木鸡。恰屋里又扑地有响，产妇呻吟声止，老妪喊生下了生下了。这顽童骂过一句，烦恼忘却，便爬后窗去瞧稀奇。土炕上血水汪汪，浸一个婴儿，那婴儿却不哭。老妪说怎个不哭，用针扎人中，仍不哭。用手捏嘴，嘴张开了，掉出一枚金牙壳，哭声也哇地出来了。

多少年后。

这个村一代一代的人都知道他们的村祖还在活着，却谁也不认识。自此他们没有了辈分。人人相见，各生畏惧，真说不得面前的这位就是。

领　导

县上领导到太白山检查工作，乡政府筹办了土特山货，大包小包地堆放在办公室，预备领导走时表示一点山区人民的心意。不料竟失盗。紧张查寻，终于捉到小偷，欲让派出所拘留时，小偷请求立功赎罪，问如何立功，说是身怀特异功能，能数十米外知道屋中人的活动，若能饶恕，往后可协助派出所缉拿别的罪犯。领导生了兴趣，同意明日一早来验证。

明日，领导收了礼品，马上坐车要返回了，记起那个小偷，提来问道："你既然有特异功能，我问你，我昨夜一更天做什么事？"小偷说："回答领导，昨夜一更天领导没有休息，还是抓紧时间和妇联主任谈工作。领导是坐在床上的，后来不小心掉了床下。"领导说："胡说！我一个大人，怎么会掉到床下？"小偷说："那我怎么听见妇联主任说：'上来，上来。'这不是领导掉到床下了吗？"领导想想，点了头，说："那么，二更天我干什么了？"小偷说："二更天领导吃夜宵，吃的是螃蟹。"领导说："胡说，我从不吃夜宵，我的肠胃不好，吃了睡不着觉的。"小偷说："那我听见领导说：'掰腿。'这不是吃螃蟹是干什么呢？"领导想了想，"嗯"了一声，说："那三更天我干什么了？"小偷说："三更天是领导为了进一步了解山区群众生活状况，特意请来了妇联主任的母亲问情况。"领导说："真是胡说！白天我了解情况了，晚上压根儿没请妇联主任的母亲。"小偷说："我听见妇联主任叫了一声'哎哟妈呀'！"领导不言语了，问："那四更天呢？"小偷说："四更天领导谈工作谈累了，用凉水洗脸，清醒头脑哩！"领导说："又在胡说了！根本未洗脸！"小偷说："如果没洗脸，领导怎么说：'你擦了，给我擦一下。'"领导若有所思地咕嘟了数语，说："五更天，五更天干什么？"小偷说："五更天工作谈完，领导真会调剂生活，与妇联主任下起棋了。"领导说："胡说胡说！什么时候了还下棋？"小偷说："我明明听见领导说：'再来一回，再来一回。'这不是下棋吗？"领导嘎地笑了起来，说："还行，有特异功能，我让派出所免你的罪了！"

自此，小偷被太白山派出所器重，据说协助参与了几起破案工作。

饮　者

太白山北侧有一姓夜人家，娶妻欢眉光眼，智力却钝，不善操持，家境便日渐消乏，夜氏就托人说情租借了丫树坳一块门面开设饭馆。因要生意顺通，自然不敢怠慢地方，常邀乡政府的人来用膳。

中秋之夜，月出圆满，早早掩了店门，特摆酒菜与乡长在堂中坐喝，两人都海量，妻就不住地筛酒炒菜。吃过一更，乡长脖脸通红，说："你也是喝家！让我老婆替我几盅。"便趴在桌上，手蘸酒画一圆圈。圆圈中出来一个妇人，肥壮短脖，声明用大杯不用小盅，随之一杯，仰脖灌下。夜氏吃了一惊，也用大杯。连喝五杯，妇人醉眼眬，摆手说："我喝不过你呢，你却不是我儿子的对手！"遂也蘸酒画圈，出来一个青年，英气勃勃，言称闷酒不喝，吆喝划拳。夜氏甚精拳术，划毕常拳，又划广东拳，复又划日本拳，老头拳。青年善饮，但败于拳路，喝得脸色煞白，说："让你瞧瞧我妻弟的拳吧！"又画圈出来一少年。少年腿手奇瘦，肚腹便便，形若蜘蛛，说："让我先吃些菜垫底。"低头一阵狼吞虎咽。夜氏妻就又一番烧火炒菜。两人对过一杯，相互要检查杯底里是否干净，规定滴一点罚三杯，一来二往竟将桌上三四瓶酒喝完。又启一罐，少年举杯过来要碰，酒杯哗啦落地，已立站不稳，说句："我服你了，你敢与我小姨子对杯吗？"酒圈刚画毕，人就呕吐。夜氏也早头重脚轻，待要去扶少年，却见一个窈窕少女已坐在了桌边，笑吟吟地说："你不陪我吗？"夜氏说："几杯淡酒，怎能不陪的？姑娘你喝好！"少女说："咱不划拳，联连成语定输赢。"夜氏应允，无奈肚中文墨欠缺，少女说"恭喜发财"，夜氏说"财源茂盛"，少女说"盛情难却"，夜氏却连不上来，输酒便喝了。如是一个顿时，输喝十杯，醉倒桌底，说："失礼了，失礼了。"不省人事。少女笑道："我喝酒还没有人能陪到底的。"兀自入了酒圈不见。又，少年入了青年酒圈不见，青年入了妇人酒圈不见，妇人也入了乡长的酒圈不见。乡长笑眯眯对夜氏妻说："在咱这儿开饭馆，没酒量不行哩！"邀其再喝。

天明，夜氏酒醒，见满屋酒瓶，倏忽记得昨夜事，忙呼叫其妻。妻未回应，却见一人跳窗而走，似乎是乡长的身影。翻坐起视，妻竟沉醉床上，被褥狼藉，不觉心中森然，掀开被子看时，果然床上留有一脱壳之物，尖硬如牛犄角。便打醒妻子，令其速去屋后阴沟里小解。妻去一会儿回来，喜悦说："尿出来了，尿出来了，果然是个小乡长！"夜氏去阴沟查看，阴沟的一块松沙被尿水冲开一坑，正有一只螃蟹往外爬，行走横侧着身子，口吐泡沫，似乎还有酒气。夜氏一石头将螃蟹砸烂，用沙埋了叮咛妻子不能外漏，遂返回店去，一身轻快。

儿　子

　　山北侧的沟里磨了四十年的寡，熬到独儿长大了读书了干事了做上某县的一个主任了，跟儿享享福去啊，城市中待半个月却害红眼，口舌生疮，大便干燥，还是回居太白山。太白山的空气可以向满世界出售，一日绿林里出一个太阳，太阳多新煊。

　　孝顺的主任叹一口气，送回来一只波斯猫为娘解闷。

　　猫长至数月，本事蛮大，或妖媚如狐或暴戾如虎，但不捉鼠。大白日里要叫春，声声股切，沟中人家的鸡和狗就趋来，乱哄哄集在门口，猫却懒坐篱笆前作洗脸状，遂以后爪直竖，蹒跚类似人样，倏忽发尖利之声。鸡狗则狂躁安静，一派驯服，久而悄然退散。娘初觉有趣，而以后鸡狗常来便生厌烦，知道这全因了猫叫春的缘故，遂将猫挑阉做兽中寡。但鸡狗依然隔三间五日必来，甚至来了，狗要叼一根木棒鸡要生一颗热蛋。木棒枯黑，分明是从哪儿的篱笆上弄的，鸡常常小步跑来将鸡蛋生在路上，是特意要来贡献的。娘好生奇怪。木棒拿去烧了饭，蛋却不敢吃，提着去沟中人家问谁家鸡不在家中生蛋，竟所有的都荒窝，遂计算日期退还蛋数。娘博得贤惠人缘，沟中人家无事要来聊天。每有妇人抱了小儿，小儿拉屎，猫则立即去舔屁股。狗舔屎，猫怎的也舔屎？娘顿生恶心，不让它再跳上案板去吃剩饭。到后来，有大人去茅房，猫竟也去舔，被一巴掌打落进茅坑。这是什么猫呀，该猫干的不干，尽干不该猫干的，避！娘夜里把猫关在门外，猫哀叫了一夜，娘不理睬，狠心嫌弃。猫到第三日就发疯，狂叫不已，且咬断屋檐下吊笼绳，一笼豆腐坠落灰地。将院中的花草捣碎。在厨房的水瓮中撒尿。娘终于大怒，把猫用裤带勒死。

丑　人

儿子常常发呆，寻找着那个火球。

娘是凶死的，村人看见她站在凳子上，将脑袋套进了绳圈里，凳子就蹬翻了。那绳圈套的正是地方，舌头没有伸出来：灵魂遂出了壳，是一个火球，旋转着进了树林子。后来在很长的日子里，火球就出现，或在谁家的院墙头，或在巷口的碾盘上，或在树梢上，坐着像一只鸟。人们都在说，娘是挂牵着她的儿子的。

任何孩子都有爹，他没有爹。美丽的娘因为美丽而世上一切东西都想做他的爹，娘终于在一次采菌子的时候于树林子贪睡了一会儿，娘就怀孕了。他的爹是树精？还是土精？这始终是个谜，待他生出来的时候娘就羞耻地死去了。

儿子长大，逐渐忘却了身世，与村中顽童在夏日的艳阳下捉迷藏，他的影子特别深重。他肯定不是一位年迈精衰的老头的野子，因为精疲力竭所留下的孽种是没有影子的，但他也不是哪一位年少者的种子，他的影子浓黑为人罕见。这一切也还罢了，奇怪的是他的影子还有感觉。偶然一次，一个孩子踩住了他的影子，他立即尖锐地痛叫，并且不能行走，待那孩子松了脚，他一个踉跄就扑倒了。这一秘密被发觉之后，他从此就不自由了。他常常进门后随手关门时影子就夹在门缝，像夹住了尾巴。他在树林子里追捕野兔时，树杈和石头就挂住了影子。恶作剧的人便要在他不经意地行走时突然用木楔钉住他的影子，他就立即被钉住，如拴在了木桩上的一头驴，然后让他做什么就得做什么，大受其辱。

他想逃脱他的影子，逃不脱。他想挽袍子一样要把影子挽在腰间，挽不成。他开始诅咒天上的太阳和月亮，害怕一切光亮；阴雨连绵的白天和三十日的夜晚是他最欢心的时期，他在雨地里大呼小叫地奔跑，在漆黑的晚上整夜不睡。

但是，太阳和月亮在百分之九十的日子里照耀在天空，生性已经胆怯的儿子远避人群，整晌整晌寻找着那个火球，他要向他的娘诉苦。火球却一次未被他寻见。

有一次他听村人议论，说很远了的"文化大革命"时期，有一群人从城市里逃到太白山的黑松峡去避难。不知怎么，他总觉得他应该到那里去，那里似乎有他的爹，娘的灵魂的那个火球也似乎是从那里常来到村中的。他独自往黑松峡去，走了很远很远的路，终于在一片黑松林子里发现了一些倒坍的茅舍和灶台，一块巨石上斑驳不清地写着"逃口村口"字样。但没有人。他住下来，捡起茅舍中已经红锈了的斧子和长锯砍倒了松树伐解成木板要背负到山下去换取米面油盐。当他伐解开了木板，木板中的纹路却清晰的是一个完整的人形。他吃惊地伐解了十多棵树，每一棵树里都有一个人形纹。他明白了黑松峡里为什么最后还是没有人的原因，骇怕使他把斧子和长锯一起丢进了深不见底的峡谷去。

村人都知道他出走了，良心使他们忏悔了对这个丑陋人的虐待，他们没有侵占和拆毁他曾居住的那三间房子，企望着他某一日回来，但他没有回来。只是空荡的房子里，屋梁上有了一只很大的蝙蝠，白日里便双爪倒挂，黑而大的双翼包裹了头和身，如上吊的丑鬼，晚上就黑电一般地在空中飞动。

少　女

这一个冬季，太白山还不到下雪的时候就下雪。下得很厚，又不肯消融，见风起蒙蒙，只好泼上水冻一夜，结一层一层冰块，用锨铲到阴沟去。

年关将近，还不曾停止。有人蓦地发现雪不是雪，没有凌花，圆的方的不成规则，如脂溢性人的头屑，或者更像是牛皮癣患者的脱皮。人们就惊慌了：莫非是天在斑驳脱落？天确实在斑驳脱落。

脱过了年关，在二月里还脱，在四月里还脱。

害眼疾已失明了一目的娘在催促着儿子，没日子了，快去山顶寨求婚吧。后生把孝顺留下，背着娘的叮咛，直往山顶寨去。

三年前，后生相中了山顶寨的一个少女，在山圪崂里两人亲了口。当少女感觉到一个木橛硬硬地顶在她的小腹时，一指头弹下去，骂道："没道德！"戴顶针的手指有力，木橛遂蔫下去，原是没长骨的东西。后生却琢磨了那三个字，便正经去少女家求婚。但少女的娘掩了门，骂他是野种，你娘是独目难道也要遗传给我个单眼外孙？甚至还骂出一句不共戴天。

现在，天要斑驳脱落了，还共什么天呢？

勇敢的后生来到寨上。正是晚上，一群鸡皮鹤发的年迈人在看着天上的星月叹息，说天上的月亮比先前亮得多了，也大得多了。原来月亮是天的一个洞窟，一夜比一夜有了更多的星星，这是已经薄得不能再薄的天裂出的孔隙了。后生知道年迈人已无所谓，他没有时间参与这一场叹息，只是去找他的少女。但寨子里没有一个年轻人，打问之后方得知他们差不多于一个晚上都结婚了，这个还算美好的夜里，不愿辜负了时光，在寨后的树林子里取乐。他一阵心灰，却并未丧气，终于找到了少女。少女披散着长发，长发上是一个腊梅编成的花环，妖妖地在树林子里骑着一头毛驴，一边唱着情歌，一边焦急地朝林外探询。他们碰在对面的时候，都为着对方的俊俏而吃惊了。

他说，你是结婚了吗？

她说当然是结婚了。

他没了力气地喃喃，那么，你是在等着你的丈夫了。

是等我的丈夫，她说，也是等所有爱过我的人。说罢了，又诡秘地笑，同时后生听到了一句"我知道你也会来的"。仅这一句话，后生勃发了狼一样的无畏，他们在毛驴的上下长长久久地接吻了。

后生高兴的是少女毫无反抗，当看见她首先将外衣脱下铺在地上，还说了一句"能长在手心多方便，一握手就是了"，他倒微微有一些吃惊。世上最急不可待的莫过于此了，但她却一定要他使用她带来的避孕套，他不愿意，他希望不合法的妻子能为他生出一个儿子来。她严肃异常，谁还生儿子，让自己的儿子降生下来受罪吗？这么争执着并没有结果。其实一切都发生了，他们几乎是昏过去几次，几次又苏醒过来。在少女的头脑里，满是一圈一圈的光环，她在光环中出入，喝到了新启的一罐陈年老醋，吃到了上好的卤猪肉，穿着一双宽鞋走过草地。她说：我的花骨朵儿绽了，我不亏做一场人人人了了了……声音由急转缓，高而滑低，遂化作颤音呻吟不已。

从此后生被安置在树林里，少女天天送来吃的，吃饱了他的肚子，也吃饱了他的眼睛，吃饱了他的心。不免要想起那个古老的故事，说是一个男人被劫进女人的宫中，享受着王子一样的待遇，最后却成为一堆药渣。现在的后生没有药渣的恐惧，倒做了一回王子。他在树林子里跳跃呼叫，如一头麝，为着自身的美丽和香气而兴奋。他甚至不再忧天，倒感念起天斑驳脱落的好处，竟也大大咧咧地走到寨子里，不害怕了少女的娘，还企望见一见少女的那一位小丈夫。寨子里的人并不恨他，并且全村人变得平和亲热，不再殴斗和吵架，忏悔着以前的残酷是因为制造了钱币。钱币就弃之如粪土了。善心的发现，将一切又都看作有了灵性，不再伐木，不再捕兽，连一棵草也不砍伤。

天继续斑驳脱落，肤片一样的雪虽然已经不大了，但终还是在下。

少女日日来幽会，换穿着所有的新衣。在越来越大而清的月亮下，他们或身子硬如木桩，或软若面条，全然淫浸于美妙的境界。他们原本不会作诗，此时却满腹诗意，每一次行乐都捡一蓬槲叶丛中，或是一株桦下，风前有鸟叫，径边乱花迷。后生在施爱中，看见雪似的天之肤片落在少女的长发上，花花白白地抖不掉，心中有一股冲动，想写些什么，便用她的发卡在桦皮上写道：

　　谁在殷勤贺梨花

　　昨也在撒

　　今也在撒

他还要再写下去，但已经困倦至极没一点力气，他软软地睡着了。少女小憩后首先醒过来，她没有戳醒后生，她喜欢男人这时候的憨相，回头却瞧见了桦皮上的诗句，竟也用发卡在下面写道：

　　假作真来真作假

　　认了梨花

　　又恨梨花

末了便高望清月，思想哪一日天不复在、地壳变化，这有诗的桦皮成为化石，而要被后世的什么什么动物视为文物了。

不知过了多久，后生听见深沉的叹息而醒了，身边的少女，亲吻时粘上的那节草叶还粘在额上，却已泪流满面，遂拥少女在怀，却寻不出一句可安慰的言语。

咱们数数那星星吧。后生寻着轻松的事要博得少女的欢心。这夜里只有星月，他不说明那是天斑驳后的孔隙。

两个人就数起来，每一次和每一次的数目不同，似乎越数越多，他们怨恨起自己的算术成绩了。

后生的想象力好，又说起他和老娘居住的房子，如何在午时激射有许多光柱，而每个光柱都活活地动。少女却立即想到了房顶的窟窿，没有笑起来，却沉沉地说：你要练缩身法的。

是的，他的一切都是她所爱的，唯独怨恨的是他的个子，他的个子太高了。后生并不解她的意思，自作了聪明，说不是有个成语，天塌下来高个子撑吗？她狼一样凶恶地撕裂了他的嘴，咆哮着说不许再胡说八道，因为寨子里人都习练这种功法了。

后生自此练功，个子似乎萎缩下去。而不伐的树木长得十分茂盛，不捕的野兽时常来咬死和吃掉家畜家禽，不砍伤的荒草已锈满了长庄稼的田地。老鼠多得无数，他一睡着就要啃他的脚丫子；有一次帽子放在那里三天，取时里面就有了一窝新生的崽仔。后生有些愤恨，它们在这个时候，竟如此贪婪！这么想着，又陡然添一层悲哀，或许将来没有了天的世界上，主宰者就是这些东西吧？

一日，少女再一次来到树林子，他将他的想法告诉了少女。少女没有说话，只是领他进寨子去。寨子里再没有一个人，巷道中、墙根下到处是一些奇形怪状的石头。他疑疑惑惑，少女却疯了一般地纵笑，一边笑着走一边剥脱一件件衣服，后来就赤条条一丝不挂了，爬到一座碾盘上的木板上，呼叫着他，央求着他。等后生也爬上去了，木板悠晃不已，如水石滑舟，如秋千送荡，他终于看清碾盘上铺着一层豌豆，原是寨中人奇妙的享乐用具。他们极快进入了境界，忘物又忘我，直弄翻了木板，两个人滚落到碾盘下的一堆乱石上。乱石堆的高低横侧恰正好适合了各种杂技，他们感到是那样的和谐，动作优美。他说，寨中的人呢，难道只有咱们两个人在快活？她说他们就在身下，在快活中都变成石头了。后生这才发现石头果然是双双接连在一起的。他想站起来细看，少女却并不让停歇，并叮咛着默默运作缩身的功法。后生全然明白了，于是加紧着力气，希望在极度的幸福里昏迷而变成石头，两个在所有石头中最小的连接最紧的石头。

天仍在斑驳脱落。斑驳脱落就斑驳脱落吧。

后生和少女已经变化为石头了，但兴奋的余热一时不能冷却。嘴是没有了，不能说话，耳朵仍活着并灵敏。他们在空阔的安静的山上听到了狼嚎和虎啸，听见了天斑驳脱落下来的肤片滴沥，突然又听到了两个人的吵架声。少女终于听出来了，那不是人声，是鬼语。一个鬼是早年死去的老村长，一个鬼是早年死去的副村长。他们两位领导活着的时候有路线之争，死了偏偏一个埋在村路的左边，一个埋在村路的右边，两个鬼就可以坐在各自的坟头上吵，吵得庄严而有趣。

少　男

一个人出去采药再没有回来，以为已经滚坡横死，他却在一个晚上给村里人托梦：他是在鸡肠沟的瀑布崖上做仙了，让村里的人忘记他的好处，也让他的家妻忘记曾嫌弃过她的坏处。第二天，村人都在议论这个梦，那人的家妻却忘不了丈夫，哭天号地，央求人们帮她去找回自己的男人。

村里的人就一起去鸡肠沟。鸡肠沟乱石崩空，荆棘纵横，他们以前从未去过，果然在一处看见了那个崖。崖很高，仰头未看到其顶，长满了古木，古木上又缠绕了青藤。此时正是黄昏，夕阳映照，所有的男人都看见了崖头有一道瀑布流下来，很白，又很宽，扯得薄薄的如挑开的一面纱，风吹便飘。从那古木青藤的缝隙里看进去，却是许多白艳的东西，似乎是一群光着身子的人在那里洗澡，或者是从水中才沐浴出来坐卧在那里歇息。如果是人，什么人都有这么丰腴、这么白艳呢？托梦人说他是成了仙，仙境里没有这么多丰腴、白艳何以称作仙境呢？天下的瀑布能有这般白这般柔？于是，男人们的神色都变化，一时沉醉于非非之想中，样子发愣发痴。男人的变化，女人们觉察到了，但并未明白他们是怎么啦，因为她们未看懂隐在古木中的东西。但她们体会最深的是自己只有一个丈夫，当男人们一步步往崖根下走时，她们各自拉住了属于自己的那一个。

一位勇敢的少男坚持往前走，他是新婚不久的郎君。他往前走，新娘往后拖，郎君的力气毕竟大，倒将新娘反拖着越来越走近崖根，奇妙的事情就发生了。远远站定的男女看见他们在崖根下的那块青石板上，突然衣服飘动起来，双脚开始离地，升浮如两片树叶一样到了空中，一尺高，三尺高，差不多八九尺高了，但他们却又静止了一刻，慢慢落下来。落下来也不容新娘挣扎，再一尺高，三尺高升浮空中，同样在七八尺的高度上静止片刻再落下来。这次新娘就一手抓住了石板后的一株树干，一手死死抓住丈夫的胳膊，大声呼救：帮帮我吧，难道你们看着我要成为寡妇吗？村人同情起这新婚的少妇，她虽然并不漂亮，但也并不丑到托梦人的那个家妻，年纪这么轻，真是不忍心让她做寡。并且，男人们都是看见了古木内的景象，那是人生最美好的仙境，而自己的妻子已死死阻止了自己去享乐，那么，就不能允许和自己一样的这个男人单独一个去，况且他才是新婚，这个不知足的家伙！于是乎，所有的男人在女人的要求下一人拉一人排出长队拖那崖根的夫妇，将那郎君拉过来了。新娘开始咒骂他，用指甲抓破了他的脸。他们在劝解之中，真下了狠劲在郎君的身上偷击一拳或暗拧一把。

少年郎君垂头丧气地回来，从此不爱自己的新妇。每日劳动回来，脱光了衣服躺在床上抽烟，吆喝新妇端吃端喝，故意将自己的那根肉弄得勃起，却偏不赐舍。新妇特别注意起化妆打扮，但白粉遮不住脸黑，浑身枯瘦并不能白艳。有时主动上来与他玩耍，他只是灰不沓沓，偶尔干起来，怀着仇恨，报复般地野蛮击撞，要不也一定要吹灭了灯，满脑子里是那丰腴白艳的想象。

这少男实在活得受罪了。

他试图独自去一次鸡肠沟，但每次皆告失败。村中所有的女人都在监视着自己的男人，所有的男人也就在监视着其他的男人。这少男的行动每次刚要实施就被一些男人发觉，立即通报了新娘。新娘就越发仇恨那个已经做仙的男人，她联合了村中的女人，用灰在村四周撒一道灰线，不让那做仙男人的灵魂到村中游荡；各自将七彩绳儿系在自己丈夫的脖子上，以防做仙男人托梦诱惑。而且，她们仇恨仙人的遗孀，唾她，咒她，甚至唆使自己的丈夫去强奸她，使她成为村中男人的公共尿壶，而让那做仙男人的灵魂蒙遭侮辱。

但少男还是偷偷地去了鸡肠沟。他背了猎枪和猎刀，说是去山林打猎而出走。他果然逆着鸡肠沟的方向去了山林，新娘和男人们暗中跟踪了半日后放心地回来，但少男在走出了遥远的路程之后又绕道去了鸡肠沟。他走到了崖根，也恰是一个黄昏，那古木青藤之内的东西看得真真切切。当他一走上那青石板，顿感到一种极强的吸力，身体为之轻盈，衣服鼓起犹如化羽，头发也水中浮草一样竖直摇曳。这一种美妙的体验使他立即想到了新婚夜的感觉，还未真正进入仙境就如此令人酥醉，他深深悟到了托梦人为什么宁肯抛弃家妻的缘由。他还未来得及捡起石板上的猎枪，双脚已离地三尺高了，他有点后悔不该将猎枪遗在这里，将来一定会被村人发觉他是到了仙境中去了而仇恨他。但这想法一闪即逝，他听着耳边的风声，甚至伸手抚摸了一下擦身而过的白云，身心透满了异常的幸福感。在愈来愈高的空中，那些丰腴白艳的东西越来越清晰了，突然觉得不应在背上还背着长长的猎刀，想拔下来丢到很远的洞中去，但他没有了力气，吸引力陡然增强，似乎是大坝底窟窿里的急流将他倏忽间吸了去了。

少男自然再没有回到村中去。首先是新娘惊慌了，接着是所有的男人都惊慌了。他们又是手拉手，甚至各自腰上系了绳索互相牵连着去了鸡肠沟。果然远远看见了青石板的猎枪，他们统统哭了，新娘为丈夫的抛弃而哭，男人们为自己的命薄而哭，哭声遂变为骂声，骂得天摇地动。但是当他们集体站到了青石板上，谁也没有一点要升浮的感觉。先以为是大家连在一起分量太重，慢慢是撒开手，解开绳索，还是没有感觉。大家都觉得奇怪了，男人们怀疑这一定是仙境中去了两个男人后已不需要更多的男人了，就吼叫着这世道的不公，而仙境也不公！有人喊：咱毁了这个崖！立即群情激愤，动手烧崖。崖上的草木燃烧了三天三夜，但因为有瀑布，仍有未烧尽的，而大火中那些黄羊、野猪乱跑乱窜，有的掉下崖来皮开肉绽，却没有什么人的惨叫。男人们背负了利斧开始登崖，见草就拔，逢木便砍，然后垂下绳索让别的人往上攀登。这项工作进行得十分艰巨，但无一人气馁，发誓攀到崖顶，彻底捣毁这个最美好也最可恶的地方。

他们终于爬到了崖顶，四处搜索，就在瀑布旁的崖头上，发现了一个天然的洞窟。火并未烧到这里，但一片刺鼻的腥臭味。走进去，一条巨大无比的蟒蛇腐烂在那里，在蟒蛇的腹部有一把刀戳出来。人们剥开蟒蛇，里面是一个人尸，一半消化模糊，一半依稀可辨，正是那位少男。

在洞后形成瀑布的山溪道上，满是一些浑圆的洁白的石头。

阿　离

阿离在太白山上打猎，整个冬天一无所获，老听到山上繁乱吵嚷之响，疑是人声，却四下里不见人影。一日，又甚嚣尘上，鼎沸如过千军万马的队伍，且有锐声喊："数树，数清山上的树！"树能数清？阿离觉得荒唐，不禁开笑，忽感后脑壳儿一处奇痒，有凉风泄漏。用手去摸，灵魂已经出窍，倏忽看见了坡下黑压压一片人正没入林中，一人抱定一棵树，彼此起伏着吆喝有没有遗漏，又复返坡下，一须眉皆白人物状若领袖，开始整队清点，一面坡的树数便确定了。阿离惊叹这真是个好办法，却蹊跷这是哪儿来人？前去询问，来人冷淡不理，甚至咒骂：避！你是哪儿来的？！阿离很窘，不再多言。后，山上的人一日比一日多，长什么模样的都有，穿什么服装的都有，不但多如草木，几乎没有了空闲之处。原来阿离独自孤寂，现在常常被挤到某一隅，有时守坐，他觉得脚痒，抱起一只脚来抓，竟抱起的是别人的脚。出去小解，鞋跟便磕了睡卧在地上的人的牙齿。阿离不停地要赔笑，说：对不起！对不起！

149

这么拥挤着，阿离终于与周围的人熟悉了，终于有了对话：

"你们是从哪儿来的？"

"风从哪儿来我们就从哪儿来。"

"还到哪儿去吗？"

"脚到哪儿去，我们就到哪儿去。"

"这儿真挤。"

"可不，市场上什么都贵了！"

阿离这时方知道了在山林后的洼地里，有一个好大的市场。

阿离去赶市，市场上更是人多如蚁，物价火苗似的蹿，一根蒜苗已经卖到一元，一只碟子也涨到五元。饭馆的门口，一人吃馒头，数十人涎着口水看，忽有乞丐猛地抢过一位食客手中的馒头，边吃边跑，食客去撵，眼瞅着要抓住了，乞丐却呸呸直往馒头上吐唾沫，食客便不撵了，娘骂得烟山雾罩。阿离正感叹万分，一人挨近身来说："先生，可要眼镜？"一只手在襟下一抖，亮出一副眼镜，又收缩回去。阿离说："不要。"那人俯耳道："这是好石头镜哩，值一百八十元。不瞒先生，这是我偷来的，我只想急于出手，你给几个钱就是。"阿离说："你要啥价？"那人牵了他，走到避背处，四下观望后，拿出眼镜让他看，说："二十元，等于我送你了！"阿离说："十元。"那人说："这不行。"阿离起身就走，那人头勾了一会儿，闷闷地说："好了，先生，就给你吧！"阿离付钱拿货，回坐到一棵古木下，直唱一首歌子，突然一阵晕去，醒来自身横躺在一堆落叶上，苍茫山林，涛声正紧，面前峪谷寒溪色暗，鸟鸣凄清，远近并无一人，惚如隔世。

阿离寻思前事，明白了自己去了一趟幽灵世界；阳界的人有生有死，阳界总还平衡；灵魂不灭，难怪冥界那么拥挤了。急按口袋，口袋有硬硬的东西，掏出来果然是一副眼镜，便欣喜捡得冥界便宜，就无心再打猎，下山回家，要倒卖眼镜的好价钱了。阿离去了眼镜行，眼镜行的人却说，这根本不是石头镜，纯粹的有机玻璃片儿。阿离顿足捶胸，骂鬼也骗人，羞得数日不出门。又作想，我吃了鬼的亏，何不也去骗鬼？便也做了大批的有机玻璃镜重新上山，也就是先前的地方独坐，听到浮嚣之声，仰首开笑，果然后脑壳儿有了凉风泄漏之感，不觉置身到市场上。他大声叫嚣着出售石头镜，第一天便赚得许多钱币。第二天，生意正好，有二人前来闹事，说眼镜是假的。阿离矢口否认，那二人就拉了阿离的领口去见官，阿离被推搡着走，已经面如土色，但忽然想到鬼怕唾沫，唾沫唾之让变什么就可变什么。便一口浓痰唾在一人头上，说声："变棵核桃树！"那人立即不见，就地生一核桃树来。另一人则骇然痴呆，阿离说："你也认为这是假货吧？他变成了核桃树，结了果就砸着吃，我让你变个漆树，割漆时可以受千刀万刀！"那人伏地求饶。阿离说："那好，你帮我一块儿推销吧！"那人真的一直帮阿离，眼镜卖得十分快。后来，有知道阿离的货是假的，谁也不敢说；不知道的，都来买，阿离赚了一麻袋的票子。

阿离终于又恢复了真身，把钱袋背下了山。当夜同家人一起清点钱数，却发现钱币上都按有"冥国银行"的章印。家人生气，说："这就是你做的营生？！都送给阎王爷去吧！"一把火就烧了。

钱烧了，阿离就死在炕上了。

阿离见到了阎王爷，阎王爷告诉说："这里灵魂已经够多了，但无功不受禄，得了你这么多贿赂，再有难处我还是要了你。"从此，阿离的灵魂再没有回到窍里，永远在已经拥挤的灵魂中拥挤了。

观　斗

阿兑十八岁时上太白山捡菌子，太阳很好，坐地解衣逮虱子，腰带便挂在身后的矮树丛上。太阳西斜，红嫩似一枚蛋柿，忽然那矮树移动，将那腰带带去，看时竟是一头美角的鹿，急忙呼喊穷追。鹿跑得快，阿兑未能追上，拐过一个山嘴，却见草坪上有两只虎在搏斗。一条白额，一条赤额，皆庞然大物。草坪上乱花已碎，土末飞扬，两虎翻扑剪腾，正斗得难分难解。阿兑吓了一跳，反身逃躲，但虎仍在厮斗，却总是挡了去路，他向哪个方向跑，虎都在前边斗，阿兑急得双目流泪，说："难道是让我观虎斗吗？"两虎同时大吼，旁边树叶籁籁坠地。阿兑便不再逃走，坐在那儿观看。虎愈斗愈凶，身上绒毛片片脱落，飘散如絮，竟落了阿兑一头一身。一虎斗得发狂处，竟分不出阿兑是虎还是人，便扑向了阿兑。阿兑也看得心热，忘了骇怕，跳将起来迎之而斗，另一虎则坐地观看。那虎扑来之时，阿兑侧身一闪，顺之一脚踢中虎眼，虎咆哮纵起，举爪打过来，阿兑早已跳开，没想虎尾接连一扫，砰的一声如棍磕在阿兑面门，血顿时肆流，跌坐地上。那虎嗷嗷长啸，若得意状，阿兑急中单手撑地，双脚蹬去，恰在虎的前右腿，虎一个趔趄退卧在那里一时难起。另一虎呼地扑到，又与阿兑搏斗。阿兑想，我要死了，也不能便宜了你这么死去。强忍着疼痛跳起，拳脚并用，腾挪躲闪，使虎不能近身。此虎恼羞成怒，一直逼阿兑到山嘴根，已无法脱身，双爪搭上了阿兑双肩，血盆大口来吞头颅。阿兑说："你吞吧！"竟猛地将头直塞虎口，顶到喉咙。虎无法合齿，气息难通，人虎便寂然相持，看得那一条虎也呆了。如此一个时辰，虎终支持不住，松口倒在地上。阿兑满头血糊，双耳已没有了，定神了片刻，嘿嘿大笑，说："我怕虎吗？我也是虎了！"两虎却同时又扑起共斗阿兑，阿兑又迎斗，前打后挡，左拦右防，终气力渐渐不支。绝望之际，见旁有一株大树，疾速攀上。两虎上望树端苦不能上，遂在树下又相互搏斗。阿兑居高临下，反复看虎的斗法，明白了自己失利有原因，且看出许多从未见过的技巧，一时也忘了后怕和疼痛，渐渐进入观赏艺术之境。不知过了多久，肚子饥饿，摘树上野果来吃，一边吃一边下观，却见两虎渐渐缩小，已经形不是虎，是相斗的两犬。后，犬又在缩小，形若斗鸡。最后竟是两只蟋蟀了，跳跃敏捷，却声鸣细碎。阿兑遂觉得没了意思，说："我是不是看得太久了？"从树上下来回村，村人皆不识他，屋舍全已更新，唯村口那口井还在，井口石盘上磨出了四指深的绳痕。

母 子

娘在树林子里采蕨，突然天裂了缝，又合起，落下一疙瘩雷来。娘躲在槲下，雷把槲顶决了，娘逃到窝崖去，窝崖是佛窟，雷还是撵进来。娘不跑了，说："龙你抓我了去！"轰然一声，光火飞腾。娘并没有烧成一截黑炭，鞋尖上绣的那朵绒花还艳艳红；崖壁上的石佛没了头。

娘的胆便破了，吐很苦的唾沫，再不采蕨，挨门守望儿子。儿子去太白的深处围猎，山深似海，儿子是最勇敢的猎手。世界的一切都又安静，娘去河边提水，一篙之水流动湉湉，心不敢兢，冷看落日里飞鸟已远，一朵云滞留屋上，就回坐堂前。这时候，却听见了蚂蚁叫，又听见了蚯蚓叫，叫声如枯木上长喙的鸟，三下快，三下慢；有草的涩味，有土的咸味；还有类似七星瓢和萤火虫的气味；接着有敲门声。

娘将门打开，门口并没有人，关上又听见敲门声，再打开，还是没人。娘疑惑了半刻，立即骇怕，很苦的唾液从口里流出来，门牢牢地关上了。

笃，笃，笃。谁又在敲门，门响着金属声。

"谁？"

"把门开开。"

"你是谁？"

"我。"

"我是谁？"

娘就是不开门。数天数夜的时间里，她把家中所有的竹竿都截了，做成一截一截的竹管，套在了手指上和脚趾上，提心那门终有被敲破的时候，有什么人要来捉她，她的手脚可以从竹管里抽掉。

终于儿子回来了，是个晚上，门还是不开；娘不信是儿子。

"娘，是我。"

"是我？"

"我是你儿。"

"我是你儿？"

儿子把佩戴的长剑从门下缝伸进半截，说娘识得儿的剑，娘说不是剑是一道月，但却闻出了儿子膝盖上的那一片垢甲的味，说你是我儿，儿从后窗你进来。儿子进来，肩上是枪，腰间是剑，提了十三只黄皮狐狸。问娘为什么不开门，娘说总有敲门的。说话间，娘又说谁敲门，儿子说没有，娘说有，儿子说没有就没有，把门开开。门很沉重，门口没有人，门扇却比先前厚了几倍。

"你瞧，多亏这门！他们没能进来，影子全留在上面。"

门的厚度果然是一层一层奇形怪样的图影的印叠。

儿子豪气顿生，在屋中燃起火堆，拔刀剥下一层图影，图影是一个高瘦的人，面目并不熟悉，一刀劈二，丢进火堆烧了，娘说有人肉的焦煳味，也有牛肉的味。儿子用刀又剥下一层，图影是一只模样怪异的熊，却生有人之脚。儿子将熊身烧了，断下人脚，用刀尖划出一截，拿手往下捋，像剥柳皮一样。儿子在春天里有剥柳做口哨的手艺，但脚皮没有剥下来，一气乱刀斩成碎末。再剥一层，是三只眼的奇物。再剥再剥，剥下的有野猪有马有蛇舌的女人和长角的男人。儿子说："我怕你吗？不怕！"一层一层丢在火堆去烧，屋里充满了难闻的臭味，但没有血和肉。儿子是懂得只要有肉煮在锅里，漂上来的油珠即可知这些是人还是兽。

"人油是半圆珠，兽肉的油珠儿才圆。"

儿子心情激动，遗憾没有刺激到一个猎手的强烈的快感。如果一刀砍下去，是人是兽，肥嘟嘟的肉分开，殷红的血渍在墙上如一个扇面，在火光的映照下鲜亮发明，或者血如红色的蚯蚓沿着皮肤往下滑移，那该是奇艳无比的景象！儿子剥到最后一层了，不甘心地叫道："来一个活的！"图影突然凸出，还未看清是人是兽，那物已张口向儿子扑来。儿子一刀剁去，哐啷滚下头来，果然是颗人头。待去捡拾，那没头的身子却压过来，儿子被压在下边了。儿子被压得喘不过气来，肋骨咔咔地发出欲断的声音。急一脚勾踢，身子飞起来撞在木柱上，再跌下去不动了。这却是猪的身子，还是母猪，十八个奶头紫红肿大，如两串熟透的葡萄。而同时有四只五爪般的脚在方向不定地乱跑。儿子笑道："往火堆中跑，往火堆中跑哇！"四只脚便果然入火，已经成炭团，发出爆响。

儿子将刀提起来，用衣襟揩上边的血，叫道："娘，你儿子怕谁呢？门不要再关，我要看看谁敢来敲门？！"将刀哐地扎在门扇上，一扭头，火光将自己的影子正照在墙上，兀然吓死。

人草稿

太白山一个阳谷的村寨人很腴美，好吃喝，性淫逸，有采花的风俗，又听得懂各种鸟鸣的乐音，山林中得天独厚的资源，熊就以熊掌被猎，猴就以猴脑丧生，凡是有毛的不吃鸡毛掸子外都吃了，长脚的见了板凳不发馋其余的都发馋。结果，有人就为追一只野兔而累死，有人被虎抓了半个脸，而瞄准一只黄羊时枪膛炸了常常要瞎去某人一只眼睛。吃喝好了，最大的快乐是什么呢？操×。其次的快乐呢？歇一会儿再操。下来呢？就不下来。喂了自家的猪，又要出外祟糠。一个男人是这样了，别的男人也是这样，于是情形混乱。到了某年的某月，一家的小儿突然失踪，另一家的人在吃包子时被人发现馅里有了半枚手指甲，凶犯查出来，凶犯说人肉其实并不好吃，味儿发酸。六十二岁的老公公强吮了儿媳的奶头被儿子责骂，

155

做父亲的竟勃然愤怒，说你龟儿子吮我老婆三年奶头我没说一句话，我吮一回你老婆的奶头你就凶了?! 终于召开了村寨全体村民的会议，实行惩治邪恶，当宣布凡是有过乱伦，扒灰，或做了情夫或做了情妇的退出会厅中堂靠于墙角去，中堂竟没有留下一个人，大家都全哭了。这不是某个人的道德问题，一定是这个村寨发生了毛病，由馋嘴追索到贪淫，末了便悟出是水的不好。

村寨中是有一眼趵突泉的，围绕着泉屋舍辐射为一个圆。"这是一个车轮哩!"年老的人坐于山头的时候会这么说，年轻人便想入非非：大深山中哪儿会有车呢？既是一个车轮，那一定是天王遗落，而另一个车轮就是孤独的太阳了。或许是平面的水轮，旋转着才使泉水趵突出来。现在泉水成了万恶之源，再不食用，于村外重新凿井。井凿七十三丈，辘轳庞大，须十二人合力起绞，村寨中便有了固定时间打水。若没有赶上这时间去打水，那就一整天炒爆豆吃。

半年后，村寨安然无事，人已无欲，目不能辨五色，耳不能听七音。口鼻不能识九味。慢慢，田地里不种了香菜、葱、蒜、花椒和辣子，到后也不种菜，只是五谷。饭食明显的简单了，一日三顿片片面、面片片，记不起面粉还能做什么麻食、饺子、馄饨。狐狸进村拉鸡，麝坐于村口翻弄脐眼，废了的泉池里滋生了虾，也有了声如婴啼的鲵。人都懒起来，生活就贫困，连面片也开始懒得做，懒得吃。先是孩子们不吃，大人说吃呀，不吃怎么活命呀! 孩子说吃为了能活吗，宁愿不活也怕出那份力。大人就还理智地去吃，要把东西洗净，做熟，一口口塞进嘴，不停地嚼；冬天冷，夏天一碗饭一身水。他们不明白原先怎么馋吃呢，吃饭是多么繁重的劳作呀! 也不好好吃了。村寨的人都失了腴美，卧于阳坡晒暖暖，怨这天长。

夜里，他们更懒得性交，怀孕的极少。年老的就抱怨年轻人："怎么还不生个崽呀，怎么传宗续代呀?! "儿女说："怎么个传种续代呢?! "那事体还需要教授吧，但夜夜听儿女的房，房内安静，真恨儿女不教不行，就编出男的阳具是鸟，女的阴器是窝，要鸟进窝，进窝了又不停让鸟出鸟进几十次，数百次，询问鸟是否屙在窝里？儿女们就火了，说拽头在腿上按数百次皮肉都疼，何况那种大面积的摩擦哩！儿女们不愿干那劳作，老年人自己干，但也是苦不能言，奇怪先前怎么有那样大的兴趣呢？

到后来，他们发现人在说话，笑，吃饭，劳作时，口鼻竟然在不停地呼吸，想想，日日夜夜不停地一呼一吸，多紧张，多痛苦呀！怎么长这么大就全然不晓得呢？现在晓得了，何必再去从事这愚蠢的工作?！不再呼吸，这个村寨的人便先后死去。

太白山的一个阳谷中的村寨就这么消失了，天上的太阳真正成了孤独的车轮。太白山下有人偶尔到了这里，看见似乎是有人住过的村寨，而到处是如人形状的石块和木头。石头生满了苔藓，冬夏春秋更变绿黄红黑，木头长着木耳。这人返回后却写了数十万字的书，说他发现了人之初，论证女娲造人不是神话，确有其事，这些石块和木头就是当时女娲所造的人之草稿。以此又阐述，人为石木所变，一部分人为石，一部分人为木，为石虽还未有根据，但木所变确凿，说他亲眼见那木头上不是木耳，是驻落着蝴蝶，历史上不是庄子曾化蝶吗？不是梁山伯祝英台化蝶吗？这人遂成为人类学家。

小 儿

"×俊！"

×俊抬起头来，老泪纵横，并没应声，又俯下身在新拢的土丘上哭泣；又觉得不对，疑惑地乜视着面前这个小儿，甚至有些愤愤然了。

"×俊，你耳聋了吗？"

×俊又瞪了一眼，要抓起土坷垃打过去，但止住了，土坷垃在蒲扇般的手里捏成粉碎。要不是 ×俊现在心中充满了剧痛，他绝不会饶过这个乳臭未干的缺乏家教的小儿！他哽咽着说：

"×贵，你就这么生不见面、死不见尸地走了吗？常言说，当你知道你身上某一个部位的时候，这个部位就生病了；当你懂得一个人的好处的时候，这个人就死了。×贵，你真的是死了？可你死在哪儿呢？我真后悔没能珍惜我们的交情！还是昨日，你要我翻几个跟头给你看，我说七老八十的了，硬胳膊硬腿的，翻跟头惹人笑话，我没翻。现在，我为你修了这个坟，盼你灵魂到来，我要给你翻个跟头了！"

×俊果真用手扫去地上的乱石，脑袋着地翻了个跟头，那骨架咯咯响着，像要散裂了似的。

五岁的小儿格格地笑起来，肥嫩的手鼓着几片掌声，说："翻得好，翻得好，再来一个要不要？要！"×俊终于忍无可忍，一巴掌将小儿扇远了。

"×俊，你疯了，你敢打我？"

×俊吼道："你是谁？谁是你爹？小王八羔子！"

"唉，×俊真的是认不得我了。"

×俊停止了打骂，觉得蹊跷，但他真的不认识这小儿，村里也从未见过这小儿。

"我是 ×贵啊，狗日的！"

×俊简直吃了一惊：这个小儿竟是 ×贵，×贵活着的时候，口头禅就是"狗日的"，声音一模一样。可这五岁的小儿怎么会是 ×贵？

"我真的是你 ×贵哥！"

×俊却还是摇摇头。

小儿说，中午吃过饭，他准备睡一觉后就去找 ×俊喝茶，就和衣睡了。睡起来又觉得该换一身新衣服去，就开始脱身上旧衣。脱下一件，怎么还有一件；脱了，还是有一件；竟越脱衣服越多，脱到最后，才发现他是个小孩子，原来那么高大的个头都是衣服穿成的！这时候的他突然明白那过去的七十多年是一个悠长的梦。

"胡扯淡！"×俊说，"×俊这么长胡子的人了，不是像你这样的小儿好哄！"

由小儿的话又想到了死去的×贵，×俊扑在坟上号啕起来。

小儿任×俊恸哭，却开始讲他的过去的长梦。他说，他小的时候就和×俊要好，他们恨村口老妪在桑葚树干上涂抹粪尿而咒骂，将老妪家长在地里的南瓜切了口，屙进一泡屎去，又将切口封好，使南瓜疯长到筛子大而臭不可闻。他说，是你×俊四十岁的时候与方×的媳妇偷情被方×发觉并盖头浇下一桶凉水，是我在喊：快跑，跑出一身汗来！你才听的，你才免了一场寒病。他说，×贵还知道×俊的左腿根下有一颗豆大的痣。

×俊不哭了，他觉得这小儿句句讲得都对："你真是×贵哥吗？"

"×俊！"小儿手伸出来，亲昵地在×俊的头上抚了一把。

×俊却又疑惑了，这哪儿可能呢，一个七十多岁的老头怎么会是五岁的小儿？突然，脸色大变："你是鬼！"

小儿说："你唾唾。"

一口唾沫唾上去，小儿还是小儿。

"你还在梦里哩！"小儿可怜了×俊，"你信也罢，不信也罢，反正你还在梦中。"

"我做梦？做七十八年的梦？"

"梦是几代人的事常有哩。"×俊用指甲掐自己的脸，怪疼的。"是梦怎的还疼？疼也疼不醒？"

小儿不知怎么说服他了。

"你要在梦里就在梦里吧！我告诉你，我还知道你将来要长条尾巴，等长出尾巴了，你就信我是不是唬你。"

×俊回到家去，从此再没有见到×贵老汉，便一阵儿信那小儿就是×贵，一阵儿又不信起来，好像很羞涩的样子拿不了主意。他每天大小便时，手却不自觉地去摸摸屁股，看有没有尾巴长出来。五天过去了，没有尾巴。十天过去了，觉得屁股上胀胀的不舒服，有一块发硬的东西。又十天，那硬东西似乎又长大了些，终于在一个月后，一条小小的没毛的尾巴长了出来。

父　子

儿呀，爹要走了，谁都要走这步路的，爹想得开，儿你也不要难过。爹咽了一口气后，你把爹埋到尖峰上你就是孝子了。

儿子一直伏守在爹的床前，泪水婆娑，想爹是患的脑溢血，或者心肌梗塞就好，爹无痛苦地走，儿女们也不看着爹的难受而难受。脑子清清楚楚的，就这么在爹的等待下和儿女的看护下，一个人绝了五谷，痛失原形，肿瘤慢慢地消平了呼吸。爹有过千错万错，现在的爹全剩下好处了，儿子咬着牙，再不让眼泪流到脸上，他却不停地去上厕所。厕所在檐廊那头。天正下着雨。

十五年前，儿子是爹的尾巴，父子俩一块儿到集市上去。太阳红光光照着，爹脱了毡帽，一颗硕大的剃得青白的脑袋发亮，两只虱就趴在后脑处，而且相叠在一块儿了。"爹，虱在头上××哩！"爹正要与熙熙攘攘的熟人打招呼，狠劲地一甩，将儿子牵襟的手甩掉了。"爹，真的是在××哩！"爹已经瞪了一眼，骂出一句最粗土——其实是散佚在太白山的上古雅辞——"避！"儿子就也生气了："避就避，哪怕虱把你的头×烂哩！"从那时起，爹对于儿子失去了伟大的正确性。

"德！"这是爹又在叫着儿子的乳名训斥了，"吃饭不要咂嘴，难堪，猪才吃得这么响的！"儿子的咂嘴声更大了，直至饭完，长舌还伸出来刷掉唇角的汤汁，弄出连续的响音。

儿子正在兴趣地扫除院土，爹突然高兴，说今日没有给老爷画胡子了。

儿子不做声，将扫除的土复又撒回原地，掀开了捶布石，石下面有两只青头蟋蟀，专心去以草拨逗了。爹动火起来，抓过儿子开始教训，教训是威严而长久的，儿子却抬起头说："爹，你鼻子上的一颗清涕快掉下来了！"爹顿时中止训话，窝到一边去了。

儿子到了恋爱的时节，爹认真地叮咛着恋爱就恋爱姣好的姑娘，不要与村中的年轻寡妇接触，免得平白遭人说三道四。儿子末了领回来的，却偏偏就是那个寡妇。

雨还在下，儿子立在尿缸边上尿，尿得很多。他疑心是眼泪倒流进了肚里才有这么多的水又尿出来。

病床上的爹并不知道天在下雨，他还以为这檐前长长久久的一溜吊线的水是儿子在尿，脑子里想象着那尿由一颗一颗滴珠组成落下去，他不懂得文章中的省略号，但感觉却与省略号的境界相同，便寻思他真的要死了，留在这个世界上的将是一个缩小了的他，但这个他与他那么不和谐，事事产生着矛盾。父子是人生半路相遇的永不会统一的缘分吗？他已经琢磨了十多年自己的儿子，相拗的脾性是不可能改变了。既然你娶了寡妇做妻就安生去过你们的日月，却要吵闹，发凶性砸家具，越说媳妇快把锅拿开别让他砸了，一榔头就砸在锅上。"我的儿子会怎样处理我的后事呢？"爹唯一操心的是这件事了。太白山七十二座尖峰，我的一生犹如在刀刃般的峰尖上度过，我不愿意在我另一个世界里仍住在刀刃上，儿子能满足我的意愿吗？

"德，你还没尿完吗？"爹在竭力地呼唤了。

儿子也错觉了屋檐的流水是自己在尿，慌忙返回床边。

"爹，屋檐水流哩。"

161

爹想把自己静静思考后要说的遗嘱告诉儿子，听了儿子的回答，认定儿子又是在拗着他说话了，长长地叹一口气，说：

"儿呀，爹死后，爹求你把爹埋在那尖峰上，爹不愿埋在山下那一片平坦的洼地中，也不需要洼地四周植上松柏和鲜花，你记住了吗？"

儿子点着头，看着爹微笑地闭了双目，安详长息。

儿子号啕起来，突然悔恨起自己十多年执拗了老爹。"把我埋到尖峰上。"这是爹最后一次对儿子说的话，儿子不能再违背着爹的意愿啊！儿子邀请了众多的山民，开始将爹的棺木往尖峰上抬。尖峰高兀，路陡如刀，实在抬不上去，运用了很长很粗的铁绳牵着棺木往上拉，棺木虽然破裂，但是爹终于埋在了爹想埋的地方。

外编二

云塔山

已经到了高山，弥漫的云雾一散开，高山上竟然还有高山。那个下午我在云塔山第一次体验到了什么叫出世，于是我望着山尖上的那间屋舍，当然我的帽子就掉了，说：那就是道观吗？

穿过了无数的岩角和石嘴，终于站在了那个廊楼下，石砖的台阶几乎都直立了。手脚并用着往上爬吧，爬得战战兢兢的，云就赶了来，我是在云里了，没有了惊恐，别人却在下边说我是见首不见尾。总算上去了，顶上也就是四五平方米的地方，屋舍的墙尽边尽沿，里边只有一张条案，条案上坐着泥身的神，在给我微笑，而旁边站一道士，说：你来了！我便在门口行朝拜礼。我没有带供果和鲜花，在怀里掏，唯有一支心爱的笔，掏出来放在了神前，那一瞬间能感觉所有的东西都开始摇晃，像是在了梦里，记得磕头的时候，脚是紧紧地蹬着那门槛。

我问：为什么要把道观盖在这里呢？

道士说：你不觉得在天上吗？

是在天上。我看见了太阳，像金冠一样就在身子西边，伸手便能抚到。一棵白皮松长在石壁上，你不知道它怎么就能长在石壁上，那是看得见的风的形状。屋檐还吊着一个铁片，并没有什么撞叩，却自鸣出一种韵音。

香炉里一股青烟在端端生长。门边靠着的是一把笤帚，那是扫云用的。

从道观下来，我并没有再坐车从前山的来路返回，而是绕到后山沿小路而下。后山阴暗，到处是锐齿栎、粗榧、鹅耳枥和刺楸树，全都斜着长。能听到繁复的鸟叫，也偶尔看到有獾有獐子和黄羊奔跑，还有蛇。而到了谷底，那里就是村子，狗叫得很厉害，有个妇女在哭，同时围观了许多人，原来是飞鼠吃掉了她家的鸡。这里产石斛，也就有了以石斛为生的飞鼠。鼠本来是鼠，又有了狼的凶狠，一些就成了黄鼠狼子，一些则嫉妒着鹰，就长出一条长毛尾，能在半空中飞翔十几丈，常常要扑食人家的鸡。

路边有了一种草，叶子肥厚，顶着一粒红珠，我去摘，旁边人说：这是山虎草，有毒的，牛吃了即死。远远的场畔上是卧着了一头牛，还有人赶了一群羊过来。我有些不解，牛和羊都是吃草的，并不是掠食者，怎么还长着犄角？

蛙　事

世上万物都分阴阳，蛙就属于阳，它来自水里。先是在小河或池塘中，那浮着的一片黏糊糊的东西内有了些黑点，黑点长大了，生出条尾巴，便跟着鱼游。它以为它也是鱼，游着游着，有天把尾巴游掉了，从水里爬上岸来。

有两种动物对自己的出身疑惑不已，一种是蝴蝶，本是在地上爬的，怎么竟飞到空中？一种是蛙，为什么可以在湖河里又可以在陆地上？蝴蝶不吭声的，一生都在寻访着哪一朵花是它的前世，而蛙只是惊叫：哇！哇！哇！它的叫声就成了它的名字。蛙是人从来没有豢养过却与人不即不离的动物，它和燕子一样古老。但燕子是报春的，在人家的门楣上和屋梁上处之超然。蛙永远在水畔和田野，关注着吃，吃成了大肚子，再就是繁殖。

蛙的眼睛间距很宽，似乎有的还长在前额，有的就长在了额的两侧，大而圆，不闭合。它刚出生时的惊叹，后来可能是看到了湖河或陆地的许多秽事与不祥，惊叹遂为质问，进而抒发，便日夜蛙声不歇。愈是质问，愈是抒发，生出了怒气和志气，脖子下就有了大的气囊。春秋时越王勾践为吴所败，被释放的路上，见一蛙，下车恭拜，说："彼亦有气者?！"立下雪耻志向，修德治兵，最终成了"春秋五霸"之一。

谐音是中国民间的一种独特思维，把蝙蝠能联系到福，把有鱼能联系到有余，甚至在那么多的刺绣、剪纸、石刻、绘图上，女娲的造像就是只蛙。我的名字里有个凹字，我也谐音呀，就喜欢蛙，于是家里收藏了各种各样的石蛙、水蛙、陶蛙、玉蛙和瓷蛙。在收藏越来越多的时候，我发觉我的胳膊腿细起来，肚腹日渐硕大。我戏谑自己也成一只蛙了，一只会写作的蛙。

或许蛙的叫声是多了些，这叫声使有些人听着舒坦，也让有些人听了胆寒。毛泽东写过蛙诗："独坐池塘如虎踞，绿荫底下养精神。春来我不先开口，哪个虫儿敢作声。"但蛙也有不叫的时候，它若不叫，这个世界才是空旷和恐惧。我在广西的乡下见过用蛙防贼的事，是把蛙盛在带孔的土罐里，置于院子四角，夜里在蛙鸣中主人安睡，而突然没了叫声，主人赶紧出来查看，果然有贼已潜入院。

虽然有青蛙王子的童话，但更有"癞蛤蟆想吃天鹅肉"的笑话。蛙确实样子丑陋，暴睛阔嘴，且短胳膊短腿的，走路还是跳着，一跳一拃远，一跳一拃远。但我终于读到一本古书，上面写着蟾蜍、癞蛤蟆都是蛙的别名，还写着嫦娥的名字原来叫恒我，说："昔者，恒我窃毋死之药于西王母，服之以奔月。将往，而枚占于有黄。有黄占之曰：吉。翩翩归妹，独将西行。逢天晦芒，毋惊毋恐，后且大昌。恒我遂托身于月，是为蟾蜍。"

啊哈，蛙是由美人变的，它是长生，它是黑夜中的月亮。

药王堂

药王堂仅仅是一间庙，就修在山根的一个台子上。台子可能是开出来的，也可能是水冲刷出来的，远远看去，就像一块大的石头。

据说孙思邈当年路过这里，坐下来要歇脚，当地山民都跑来求他治病，他就再没走成，从唐朝一直坐到了现在，坐成了一个小庙。

小庙不知翻修了几百次，庙始终是一间房，和山区寻常人家的房子没有区别。但来人不绝，似乎那就是孙思邈的家，有病了来看看，没病了也来看看。

孙思邈也似乎已习惯这山区的日子了，小小的台面不足三十平方米，出门到台沿一丈多宽，不砌院墙，立马就能看到台子下的乾佑河，河水总是呜呜咽咽。河对岸的山岗上，满是柴林，雨后的太阳照着，柴林的叶子像涂了蜡，闪闪发亮，像无数的眼睛瞅过来。而房的左边呢，崖壁上湿漉漉的，插了个竹片就流出水来，水细得如同挂面，下边的潭仅是笼筐大，这也就够用了。房的右边还种了菜，是三行葱，二十来棵豆角苗，竟然靠崖角还长着一窝西红柿，柿子青里泛了红，正是好的颜色。

庙里住着神，又觉得是白胡子老者，能听到咳嗽吧，是不是正研了药往葫芦里装呢？

山民又来了许多，都说：去摸摸那个葫芦么，要些药，灵验得很哩！

眼　睛

　　一开窗，天上正经过一架飞机。于是风在起波，云也翻滚，像演了戏，模拟着世上所有的诡谲和荒诞。那些还亮着残光的星星，便瑟瑟不安，最后都病了，黯然坠落。

　　远处垭口上的塔，渐渐清晰，应该有风铃声吧，传来的却是一群乌鸦，扇着翅膀在咯哇。

　　高高低低的房子沿着山根参错，随地赋形，棱角崭新，这条小街的形势就有些紧张。那危石上的老松，原本如一个亭子，现在一簇簇针一样的叶子都张扬了，像是披挂了周身的箭。

　　家家开始生火做饭了，烟从囱里出来，一疙瘩一疙瘩的黑烟，走了魂地往出冒。

　　一堵墙，其实是牌楼，檐角翘得很高，一直想飞的，到底还是站着。影子在西边瘦长瘦长，后来就往回缩，缩到柱脚下了，是扔着的一件破袄，或者是卧了一只狗。

　　斜对面的场子边，突出来的崖角上往下流水，水硬得如一根银棍就插在那个潭窝里。有鸡在那里喝水，一个小孩趔趔趄趄也去喝水，他拿着一只碗去接，水到碗里水又跑了，怎么都接不住。

灰沓沓的雾就从山顶上流下来了，是失了脚地流，一下子跌在街的拐弯那儿，再腾起来成了白色的气，开始极快地涌过来。有人吃醉了酒，鬼一样的飘忽着，自言自语。但他在白气里仍然回到了自己家，没有走错门。

那个屋檐下吊着旗幌的门口，女人把门面板一叶一叶安装合拢了，便生起了小炉。一边看着湿漉漉的石板街路，一边熬药。

一个夹着皮包的人已经站在楼下的台阶上，拿着一张纸，在给店主说：这是文件，从北京到的省里，从省里到的县里，县里需要你们认真学习。店主啊啊着，在刮牙花子，抹在纸的四角，再把纸直接贴在了门上。

窗子关上了，窗子在褪色：由亮到灰，由灰到黑，全然就是夜了。拉灭了灯，灯使屋子在夜里空空荡荡。空荡里还是有着光和尘，细菌和病毒呀，用力地挥打了一下，任何痕迹都没有留下。

突然手机在桌面上嘶叫着打转儿，像是一只按住了还挣扎的知了。机屏上显示的是那个欧洲朋友的名字。

还是坐下来吧。久久地坐在镜子前，镜子里是我。

我是昨天晚上从城里来到了秦岭深处的小镇上，一整天都待在这两层楼的客栈里。我百无聊赖地在看着这儿的一切，这儿的一切会不会也在看着我呢？我知道，只有我看到了也有看我的，我才能把要看的一切看疼。

松云寺

　　杨峪河边有一个寺，很小，就二百平方米的一个院子，也只住着一个和尚。和尚在每年的三月底或四月初，清早起来，要拿扫帚扫院里的花絮，花絮颜色深黄，像撒了一地金子。

　　这是松花。

　　松是孤松，在院子西边，一搂多粗的腰，皮裂着如同鳞甲，能一片一片揭下来。树高到一丈多，骨干就平着长，先是向东北方向发展，已经快挨着院墙了，又回转往西南方向伸张，并且不断曲折，生出枝节，每一枝节处都呈 Z 字状，整个院子的上空就被罩严了。

　　松树真的像条龙。

　　应该起名松龙寺吧，却叫松云寺。叫松云寺着好，因为松已是龙，则需云从，云起龙升，取的是腾达之意哈。

　　但寺院实在太小，松的腰枝往复盘旋，似藤萝架一般，塞满了院子，倒感叹这松不是因寺而栽，是寺因松而建，寺的三面围墙竟将龙的腾达限制了。

　　二〇〇一年九月五日，我从县城去寺里，去时倾盆大雨，到了却雨住天晴，见松枝苍翠，从院墙头扑搭了许多，而门楼高背翘角，使其受阻。

我建议既然寺紧邻大路，院墙不可能推倒，不妨砸掉门楼背角，让松能平行着伸长出来。所幸和尚和乡政府干部都同意，并保证半月内完成，我才慰然离开。离开时，雨又开始下，一直下到天黑。

当晚还住在县城，半夜做了一梦，梦见飞龙在天，醒来睁眼的一瞬间，竟然恍惚看到周围有一通碑子，有扫松花的扫帚，有和尚吃茶的石桌。很是惊奇，难道梦境在人睡着的时候是具现的？疑疑惑惑就直坐到天明。

人　家

在秦岭，去一户人家。院子没有墙，是栽了一圈多刺的枳篱笆，篱笆外又是一圈荨麻。我原本拿着棍，准备打狗的，狗是不见，荨麻上却有螫毛，被蜇了胳膊，顿时红肿一片，火烧火燎。

主人是老两口，就坐在上房台阶上，似乎我到来前就一直吵着，听见我哎哟，老婆子说：馍还占不住你的嘴吗？顺手从门墩上拿起一块肥皂，在上边唾几口，扔了过来。我把肥皂在胳膊上涂抹了一会，疼痛是止了，推开篱笆门走进去。

你把棍扔了，老头子说，你防着狗，我们也防着你么。

他留着一撮胡子，眼睛里白多黑少，像是一只老山羊，继续骂骂咧咧，嘴里就溅出馍渣来。一只公鸡在他面前的地上啄，啄到脚面上的馍渣子，把脚啄疼了，他踢了一下公鸡。

老婆子已经起来从台阶下来，她的腿脚趔趄着，再到院角的厨房去，一阵风箱响，端了碗经过院子，再上到上房台阶。院子里的猪槽，捶布石，还有一个竹篓子，没能绊磕她。她说：没鸡蛋了，喝些牡丹花水吧。

牡丹花水？我以为是用牡丹花煮的水，接过碗，水是白开水。

哦，我笑了一下，说：这里还有牡丹？

咋没牡丹，我就是种牡丹的。

老头子是插了一句，径自顺着牡丹的话头骂起来。骂这儿地瘦草都生得短，人来得少门前的路也坏了，屋后那十二亩牡丹，全是他早年栽种的。那时产的丹皮能赚钱，比种苞谷土豆都划算。苞谷是一斤×毛×分，土豆是一斤×毛×分，怎么能不栽种牡丹呢？日他妈，他咳出一口痰来，要唾给公鸡，却唾在公鸡背上。现在牡丹长得不景气了，收下的丹皮也卖不了，没人么，黄鼠狼不来来谁呀，来了一次，又能来两次，拉的全是母鸡。拉母鸡哩，咋不把你也拉去？！

老婆子手在空中打了两下，好像要把他的话打乱，打乱了就不成话了，是风。她说：水烧开了，翻腾着不就是和牡丹花开了一样么，你是城里来的？

是城里来的。

我儿也在城里！

在城里哪个部门？

老头子又骂起儿子了，说屁部门，浪荡哩！五年前还跟着他栽种牡丹卖丹皮哩，这一跑就再没影了，他腿脚不行了，卖丹皮走不到沟外的镇子去。日他妈，养儿给城里养了！

秦岭深似海，我本是来考察山中修行人的，修行人还没找到，却见着了很多这样的人家。遂想起我在城里居住的那幢楼上，就有着五六个山里的孩子合租着一间房子，他们没有技术，没有资金，反靠着打些零短工为生，但都穿着廉价的西服，染了黄头发，即便只吃泡面，一定要在城里。

是树就长在沟里么。老头子说，要到高处去，你站在房顶了，缺水少土的，就长个瓦松？！

我儿是个菟丝子，纠缠它城里又咋啦？老婆子说：他说他挣下好日子了，还接咱去城里哩。

你就听他谎话吧！

啥树上的花全都结果啦？有谎花也有结果的花么。

老两口就再次吵起来，他们可能是吵惯了，吵起来并不生气，就那么你一句我一句，不紧不慢，软和着嘴。

我站在那里，先还尴尬着，后来就觉得有趣，我说我会掏钱的，能不能给我做顿饭呢？老婆子说：做啥饭呀？老头子说：你还能做啥饭？熬碗糊汤，弄个菜吧。老婆子说：弄啥菜？老头子说：树上不是有熟菜么，这你也问我？！

院子里有两棵树，一棵是紫薇，一棵是香椿。老婆子拿了竹竿在夹香椿树上的嫩芽，嫩芽铁红的颜色，倒像是开着的花。我过去帮着捡掉在地上的香椿芽，她嘟囔说：他说我没生下好儿，种瓜得瓜种豆得豆，那怪地呀？我应该噎住他，刚才倒没想出来。

却突然问我：你知道燕麦吗？

我说：知道呀，麦地里长的一种草。

她说：那不是草，燕麦也是麦么。

我说：你是说你儿？

她说：我儿好着哩，燕麦就要长到麦地里，你越要拔它，它越疯长哩。

我靠在了紫薇树上，树叶都是羽状，在哗哗地响，这树是想飞的。

吃过了饭，老两口又开始吵嘴，我离开了继续往深山去。黄昏时经过另一个村子，也就七八户人家，村口的一丛慈竹下是座碾盘，碾盘旁站着几只狗，而一只一直坐着，坐着的狗比站着的狗高。

后 记

二〇一七年写《山本》，我说秦岭是"一条龙脉，横亘在那里，提携了黄河长江，统领着北方南方"。二〇二一年再写《秦岭记》，写毕，我却不知还能怎么去说秦岭：它是神的存在？是中国的象征？是星位才能分野？是海的另一种形态？它太顶天立地，势力四方，混沌，磅礴，伟大丰富了，不可理解，没人能够把握。秦岭最好的形容词就是秦岭。

《山本》是长篇小说，《秦岭记》篇幅短，十多万字，不可说成小说，散文还觉不宜，也有人读了后以为是笔记体小说。写时浑然不觉，只意识到这如水一样，水分离不了，水终究是水，把水写出来，别人用斗去盛可以是方的，用盆去盛也可以是圆的。

从本年的六月一日动笔，草稿完于八月十六日。我早说过我是"冬虫夏草"，冬季里是眠着的虫，夏季里草长花开。近八十天里，不谙世事，闭门谢客，每天完成一章。我笑我自己，生在秦岭长在秦岭，不过是秦岭沟沟岔岔里的一只蝼蚁，不停地去写秦岭，即便有多大的想法，末了也仅仅把自己写成了秦岭里的一棵小树。

《秦岭记》分五十七章，每一章都没有题目，不是不起，而是不愿起。但所写的秦岭山山水水，人人事事，未敢懈怠、敷衍、轻佻和油滑顺溜，努力写好中国文字的每一个句子。虽然是蚊虫，落在了狮子的脸上，它是狮子脸上的蚊虫，绝不肯是螃蟹上市，捆螃蟹的草绳也卖个好价钱。

全书分了三部分。第一部分当然是"秦岭记"，它是主体。第二部分是"《秦岭记》外编一"，要说明的是它是旧作，写于一九九〇年《太白山记》，这次把"记"去掉，避免与书名重复。第三部分是"《秦岭记》外编二"，还是收录了二〇〇〇年前后的六篇旧作。可以看出，"《秦岭记》外编一"虽有二十个单独章，分别都有题目，但属于一体，都写的是秦岭最高峰太白山世事。也可以看出"《秦岭记》外编二"里的六篇，则完全各自独立。也可以看出，"外编一"写太白山我在试验着以实写虚，固执地把意念的心理的东西用很实的情节写出来，可那时的文笔文白夹杂，是多么生涩和别扭。"外编二"那六篇又是第一人称，和第一部分、第二部分有些隔。我曾想过能把"外编一"再写一遍，把"外编二"的叙述角度再改变，后来这念头取消了。还是保持原来的样子吧，年轻的脸上长痘，或许难看，却能看到我的青春和我一步步是怎么老的。

几十年过去了，我一直在写秦岭。写它历史的光荣和苦难，写它现实的振兴和忧患，写它山水草木和飞禽走兽的形胜，写它儒释道加红色革命的精神。先还是着眼于秦岭里的商州，后是放大到整个秦岭。如果概括一句话，那就是：秦岭和秦岭里的我。

常言，凡成大事以识为主，以才为辅。秦岭实在是难以识的，面对秦岭而有所谓识得者，最后都沦为笑柄。有好多朋友总是疑惑我怎么还在写，还能写，是有才华和勤奋，其实道家认为"神满不思睡，气满不思食，精满不思淫"，我的写作欲亢盛，正是自己对于秦岭仍在云里雾里，把可说的东西还没弄清楚，把不可说的东西也没表达出来。

呵，呵呵，一年又即将要过去了，明年一定得走出西安城，进秦岭多待些日子啊。

贾平凹

二〇二一年十月十九日